四十路のおっさん、神様からチート能力（スキル）を9個もらう

Yosoji no ossan, Kamisama kara cheat skill wo 9ko morau

霧 KIRITO 兎

CONTENTS

目次

ライ
ノートの従魔その4。
エレキバード。
賢くてかっこいい。
マナ
ノートの従魔その2。
あらゆる属性の魔法を
扱える大精霊。
ノート
異世界で9個のチートスキルを
手にした四十路のおっさん。
魔物グルメを極めるため、
冒険の旅に出る。
アクア
ノートの従魔その3。
スライム。
生まれて間もない。

CHARACTER
主な登場人物
ヴォルフ
ノートの従魔その1。
聖獣フェンリル。
強くて大きくて、肉が好き。
マーク
ファスティの街の
門を守る衛兵隊長。
面倒見が良い。

序章

四十路の転生

Yosoji no ossan,
Kamisama kara
cheat skill wo 9ko
morau

プロローグ　何が起こった？

「誠に申し訳ありません！」

輝く金髪の美女が謝罪の言葉を口にする。

おっさんは戸惑いつつ尋ねる。

「とりあえず頭を上げてもらって……説明をお願いします。なぜ、俺はこんな所にいるのですか？」

おっさんの名前は、霧島憲人（きりしまのりと）。

ブラック企業に勤める四十二歳である。

帰宅途中、交差点で信号を待っていると、何者かに後ろから押された。それで車道に飛び出し、
トラックに轢（ひ）かれそうになった瞬間、意識が途絶え――

気がつくと、真っ白い空間にいる。

そうして今、女性に頭を下げられていた。

女性は頭を上げると、申し訳なさそうに告げる。

「空間に歪みができ、それを直そうとした際に、力が暴走してしまったようなのです。その力が霧島さんの体に当たってしまい……結果として、霧島さんはトラックに轢かれてお亡くなりになりました」

それから女性は、自分が何者であるかをおっさんに明かした。

彼女の名前は、セレスティナ。

いくつかの世界を管理する女神であるという。

おっさんは衝撃的な展開に混乱しつつ質問する。

「……つまり、俺が死んだのは間違いってことなんですよね。だったら、生き返してもらうことは可能ですか?」

すると、セレスティナは首を横に振る。

「……申し訳ありませんが、霧島さんが亡くなった瞬間は大勢の方に見られています。そうなってしまうと、取り消すことは不可能なのです」

女神といえど、多数の人間の記憶を消すことはできないらしい。

セレスティナは苦しげにそう説明すると、その代わりとして、彼女が管理する世界の一つに転移させるというアイデアを提案した。

さらにおっさんには、望んだスキルを授けるという。

それを聞いて、おっさんはぴくりと反応した。

おっさん、本を読むのが好きで、いわゆる異世界転生物のラノベを何冊も読んでいる。

彼は少し興奮しながら確認する。

「女神様の言う世界とは、どんな所ですか?」

「霧島さんの世界で考えると、文明の基本的なレベルは欧州の中世に近いでしょうか。そうでありながら、剣と魔法が支配する世界と考えていただけたら良いかと……」

おっさんは笑みを浮かべた。

(はい来た、テンプレですね。どちらにせよ、元の世界には戻れないのだから、ここはもう腹をくくろう)

彼はいったん気持ちを落ち着かせ、さらに質問する。

「もう少し聞かせてもらっても?」

「もちろん。霧島さんに納得してもらえるまで、説明させていただきます」

「剣と魔法の世界と言っていましたけど……その世界では、人と人とが争っていたりするんですか?」

おっさん、ファンタジーは好きだが、争い事は得意ではない。戦争のようなものには巻き込まれたくないと考えたのだ。

セレスティナが答える。

「霧島さんがいた世界以上に、争いが絶えない場所かもしれませんね。ただし、基本的には人と人の争いではなく、魔物との戦いが大半です」

（……魔物と来たか。まあ何となく想像していたが）

彼はいったん黙って考え込むと、質問を重ねる。

「……女神様の世界に転移したら、俺には何かやらなければならないことがありますか？」

通常、この展開には使命が付き物だ。

世界を救えだとか、魔王を倒せだとか。

おっさんの懸念に、セレスティナは首を横に振る。

「私のミスで転生することになったというのもありますので、自由にしていただいて構いません。それで、霧島さんに行っていただく場所というのは――」

異世界セレスティーダ。

魔物があちこちにはびこり、剣と魔法によって独自の秩序が作られているという、不思議な世界である。

それからおっさんは、いろいろ考えた。

四十路（よそじ）からの異世界転生。

どんなふうに生きるべきか。そしてどんな能力が必要なのか。

セレスティナは急（せ）かすことなく、そんなおっさんを待っているのだった。

1　スキルを選ぶ

俺、憲人は頭の中を整理してから、女神様に尋ねることにした。

「俺が望むスキルをくださるとのことですが……個数に制限はありますか？」

「霧島さんには、不便のないようにするつもりですが……そうですね。あまりに規格外の能力を持って目立つのも大変でしょうから、十個までお願いします」

俺は頷きつつ思案する。

十個に制限するといっても、それでも多すぎるくらいだろう。とはいえ、適当に決めてしまうと良くない。

俺は再び女神様に尋ねる。

「能力に制限はありますか？　こういうのはいけないとか」

「影響が著しいものに関しては、制限を設ける場合もありますね」

いくらか制約があるとはいえ、随分と自由度が高そうだ。

「……わかりました」

俺はそう返事をすると、この世界を生き抜くために必要なスキルが何か考えた。

◇

しばらくして、何となく考えがまとまった。

「言葉を話せないと詰むので、【異世界言語】をください」

「それは元々与えるつもりでしたが……」

困惑げに口にする女神様に、俺は言う。

「女神様が言っているのは、人族の言語だけですよね、きっと？」

「ええ」

「俺が欲しいのは、すべての言語です」

「すべての言語？　それはどういう意味でしょうか？」

「俺がこれから行くことになる世界には、人族以外に様々な種族がいると思うんです。そういう存在とも交流できるようにしておきたいので」

女神様は納得したように頷く。

「ああ、そういうことですか。わかりました。特に問題はありませんので、そのようにします」

これで一つ目のスキルは決まった。

転生物のラノベを読んできた経験上、言葉の問題は何よりも大切だと思ったのだ。人族以外の種族とも、いろいろ関わることになりそうだし。

続けて俺は言う。

「二つ目ですが、物の持ち運びのために【アイテムボックス】が欲しいです。容量は決まってなく、中に物を入れると、その物の時間が停止するようなやつが良いですね」

これも定番のスキルだと思ったのだが、女神様は困ったような顔をする。

「ええっと。【アイテムボックス】というスキルはあります。似た機能を持つアイテムもありますが……容量制限がないのと、時間停止の両方を備えるスキルやアイテムはないんですよね。セレスティーダでは初となりますが……まあ良いでしょう。ただしトラブルを避けるために、見せびらかしたりしないようにお願いしますね」

「わかりました」

「他のも決まりましたか？」

慌ただしく促してくる女神様に、俺は告げる。

「三つ目は、【鑑定】が欲しいです」

「問題ありません。そのスキルは、職人や各ギルド員は持っていますね」

俺は「ギルド」という単語を聞いて、つい反応する。

「ギルドってやっぱりあるんですね」

「ええ。やっぱりと言うと？」

「俺の読んでた本で、よく出てくる設定だったんです」

「それだったら、説明は特にはいりませんか？」

　俺は、話を進めようとする女神様に尋ねる。

「ギルドに入ると、そのギルド証が身分証になったりするんですよね？　あとは、お金を預けたり引き出せたり」

「概(おおむ)ねその通りです。ギルドによって、ギルド証のデザインが異なるんです。ギルドに入るたびに、複数のギルド証を得ます」

「そっちのパターンですか」

「そっちのパターン？」

「俺が読んでいる本では、複数のギルド証があるパターンと、一つにまとまるパターンがあったんです」

「なるほど」

　頷く女神様に、俺は【鑑定】を選んだ理由を説明する。

「少し話が逸れてしまいましたが、戻しますね。【鑑定】が欲しいと思ったのは、俺が住んでいた日本とは、名前や形が違う物があると思うんですよ。見覚えがある食べ物であっても、食べられるかどうかわからないと不安ですし」

「そうですね。では、【鑑定】を授けましょう」

「未知の食材とか道具とか……この歳ですが、期待が膨らみます」

いろいろ想像して楽しみにしていると、女神様は笑みを浮かべる。

「期待されると嬉しく思います。他には？」

俺は一息ついて答える。

「……四つ目は、【生産】スキルですね」

「【生産】ですか」

「ええ」

「今までも地味な感じでしたが、それに輪をかけて普通ですね」

女神様的には、このスキルはそういう認識らしい。俺は、【生産】がいかに優れたスキルであるか説明する。

「そうでもないと思いますよ？ どんな場所で生きるのであれ、手に職がないと食べていけませんから。このスキルがあるだけで随分楽になると思います」

それから俺は【生産】で何ができるか説明した。

「スキルで武具を作ることもできるでしょうし、極端に言えば家も作れるんです。この能力を用いて商売して生きていくことができますしね」

「なるほど。わかりました、そのスキルも付けます」

あとはどうしようかな。

そうしてすぐに、俺は次に欲しいスキルを告げる。

「五つ目は、【錬金】ですね」

「【錬金】？」

「ええ。これも生活を潤（うるお）すためのスキルになるのかな？」

「と、言うと？」

「薬を作って売買できるかなと思ったんですよ。それに旅に出たりすると、急な怪我や病気が怖いので、ある程度自作できればいいかなと」

ちなみに俺にとって【錬金】は、金属を生み出せるほか、薬や調味料を作れるスキルというイメージだ。

セレスティーダでもその認識で問題ないらしい。

「わかりました、【錬金】ですね。このスキルは薬師（くすし）ギルドの職人が全員持ってますし、薬の売買も薬師の専売ってわけではないですしね。商店の人も【錬金】を持ってることがあります。薬師ギルドの職人が作った物のほうが効果が高いってだけです」

そこで、俺はふと思いついて尋ねる。

「薬や調味料以外の物を【錬金】しても大丈夫なんですか？」

「薬や調味料以外の物？」

首を傾げる女神様。

「ええ、金属とか宝石とか」

「……そうですね。金を作ろうとしたり、不老不死の研究をしたりしないのであれば、自由に【錬金】を使っていただいて大丈夫です」

俺は女神様の返答に安堵すると、次のスキルの話に移る。

「六つ目は、【全属性魔法】のスキルが欲しいです」

「全属性ですか⁉」

「はい、全属性です」

これまでとは打って変わって、女神様は驚いた様子を見せる。

「うぅーん。全属性とおっしゃいますが……具体的に、どんな属性の魔法が欲しいとかありますか？」

「火、水、風、土、氷、雷、光、聖、闇、無、治癒、精霊、従魔術、時空間、付与あたりですかね」

「………」

絶句してこちらを見てくる女神様。

しばらく待ってみても、女神様はそうしたままだったので、俺は恐る恐る声をかける。

「あの？」

女神様はため息交じりに言う。

「……本当に、ほぼ全属性ですね」

「ほぼですか？　何となく想像できていましたが……ちなみに、他にはどんな属性があるんですか？」

「魔物が主に持ってる毒と、奴隷紋ですね」

「やっぱりかぁ」

「やっぱりって。わかってたんですか？」

「読んできた本から、大体想像できるんですよ。本では奴隷が出てきたりしましたが、奴隷紋はいらないですね。奴隷は、俺が暮らしていた所では馴染みのない文化ですし。毒もね、出てくる設定の物語はあったものの何となく忌避感があって……」

すると、女神様は笑みを浮かべる。

「避けてほしい属性を避けてくれてますね。うーん、それでもはっきり言って、セレスティーダの中で稀有な存在になりますよ？」

「そこはまあ、自衛の手段として必要なんで……魔物とかを倒しやすくするためですし」

「言いたいことは理解できますけど……しかし、うぅーん……」

「……だめですかね？」

「わかりました。ですが、できる限り自重してください」

「ええ、わかってます。自分に降りかかる火の粉を払うために欲したスキルですから、それ以外に使うつもりはありません。そもそも剣で戦えと言われても、何もできない気がするんです。これまで剣を持ったことすらないですし。せっかく異世界に来たのに、悪者に捕まっていいように使われる未来しか見えませんよ……」

いやホントに、そうだと思うんだよな。

気を取り直して、俺は次のスキルをお願いする。

「七つ目は、【調理】スキルです」

「これはまた、何と言うか……普通ですね」

そう言って、首を傾げる女神様。

神様に対して失礼かもしれないが、可愛い仕草だと思ってしまった。

俺は苦笑いして答える。

「まあ、はい」

「これにした理由を尋ねても？」

女神様が訝しげに見てくる。

こんな視線を向けられるのは、今まで求めてきたスキルがよくわからない感じだったから仕方ないのか。

そう反省しつつも、俺はさらりと告げる。

「まあ、単に自炊するためですね」

「は？　それだけですか？」

女神様は信じられないらしいが、本当にそうなのだ。いや自炊のためのこのスキルは、俺にとって結構重要だった。

俺は女神様に向かって答える。

「ええ、それだけです。これから行く世界には俺にとって未知の食材があると思うので、自分で調理して食べてみたいんです。そのために【錬金】や【鑑定】も望んだので」

「え？　【錬金】や【鑑定】がなぜ関係するのですか？」

女神様はますます混乱してしまったようだ。

俺は説明する。

「ああそれは、【鑑定】で食材を探したり、【錬金】で調味料を作ったりしようと思っているんです」

「なるほど……それだったら、特に影響が少ないと思うので付けます」

疑ったわりに、女神様はあっさりと納得してくれた。

スキルを選んでるだけなのに、だいぶ時間がかかってるな。

でも、あと少しだ。

俺は女神様に次のスキルをお願いする。

「八つ目は、レベルやスキルの成長率を二十倍とかにする、【成長率上昇】スキルですね」

「…………」

目を見開いて凝視してくる女神様。

調子に乗りすぎたか。

そう思って冷や汗をかきながら聞いてみる。

「……何か引っかかりますかね？」

「さすがに倍率が高すぎるので、下げさせてもらいます」

どうやら【成長率上昇】自体は大丈夫らしい。

俺は内心ホッとしながら、さらに尋ねる。

「何倍までなら可能ですか？」

女神様は考え込み、やがて口を開いた。

「……せいぜい五倍までですね。これでもかなりおまけして、です」

「わかりました、それでお願いします」

俺的には、多少でも上がりやすくなれば助かるな～程度の気持ちで提案したので、五倍でも万々歳だ。

女神様の気が変わらないうちにさらっといこう。

次のスキルは自分自身の能力としてでなく、物として頼むことにした。

「では、九つ目ですが、地球とセレスティーダの知識を、すべて閲覧できるスキルを備えた物をお願いします」

「!!」

女神様は驚愕の表情のまま固まってしまった。

しばらくしてハッとしたように我に返り、慌てて口を開く。

「な、何、何を言ってるのですか!」

ちょっとお怒り気味の声色になってるな。

「何をって言われましても。必要なので希望を言ったのですが……」

「どう必要なのですか!」

女神様の目は若干据わっている。

「いや、例えばですが……調理レシピとか鍛冶レシピとか錬金レシピとか? あとはセレスティーダの地図? スキルだけあっても、スキルの使い方や物の作り方がわからないと何もできないし、異世界で迷子になって餓死するとか嫌すぎるので」

俺の言い分を聞いて、女神様も少しは納得してくれたらしい。

女神様はさっきまでの怖い雰囲気をようやく解いてくれた。

「……地球の兵器の情報には手を出さないと?」

女神様の心配はそこだったようだ。

俺は首を横に振って告げる。

「出しませんねぇ。少なくとも、兵器に手を出すつもりはないです。いっそ、そうした情報に手を出せないように、凍結してもらっても結構ですよ？　でも、銃には手を出すかもしれません」

「銃に手を出すとは？」

これの返答に、俺はちょっと照れつつ答える。

「不確定なことなので何とも言いがたいですが……例えば大切な人ができたとき、銃を護身用に渡すかもしれませんし……」

するとと、女神様は笑みを見せた。

「……なるほど、そういうことなら大丈夫です」

それから女神様は、付けてくれるという機能を説明してくれた。

俺は知識の閲覧だけをお願いしたのだが、女神様は通販のほか、様々な便利な機能を加えてくれるらしい。

「さらには『壊れない』『所有者固定』『たとえ盗まれても自動的に持ち主に戻ってくる』という機能を付けます。また、一月ごとに日本のお金で二十万円まで購入できる特典も付けましょう。あっ、この特典は繰り越しできませんので、覚えておいてくださいね」

「助かりますが……そこまでしていただいて良いのでしょうか？」

「ええ。地球の情報を調べた結果、地球に存在する食材のいくつかが、セレスティーダにはないと判明したんです。レシピを閲覧できても、作れないのは可哀想ですからね。それで、地球の物を購入できるよう、おまけの救済措置を用意したというわけです」

「ちなみに、どんな材料がないのですか？」

興味本意で聞いてみると、女神様は答える。

「あなたの国のかれー？　に使われている香辛料と、デザートに使われてる甘味料などがないようです。なお、みそ？　しょーゆ？　の材料は名前こそ違いますが、セレスティーダにもあります。そのうち【錬金】で作れるようになるはずなのでご安心ください」

「ありがとうございます」

俺が頭を下げると、女神様が首を横に振る。

「良いのです。元々、私のミスでこのようなことになっているのですから」

そして女神様は、最後の確認をしてくる。

「他に欲しいスキルはないですか？　あと一枠ありますが」

しかし、俺の返事は決まっていた。

「はい、希望はすべてお伝えしました」

俺としては、ここまで優遇してくれるのであれば、これ以上は望みようがなかった。

女神様が念押ししてくる。

「本当に、ありませんか？」

「今は何も思いつかないです」

「では、保留しておいて、今後の話をしましょうか？」

ともかくこれですべてのスキルが決まった。あとは、俺がどういった所に転移させられるのか確認するだけかな？

俺はふと心配になって尋ねる。

「いきなり戦場のど真ん中とか、魔物の巣の中心とかに飛ばされるのは勘弁してほしいんですが……」

女神様が慌てて返答する。

「そんな所に送りませんよ」

それから、女神様は俺の転移先を提案した。

「冒険者になったばかりの子達でも、気軽に採取に行けるような林があります。そこから始めてみるのはどうでしょうか？」

俺は頷いて了承を示す。

転移場所はそこで決まったらしい。

さらに女神様が言う。

「あと服装なのですが、そのままだといらぬ注目を浴びることになると思うので、一般的な人族の服装に着替えてもらいますね」

　これに関しても問題ないので、俺は頷く。

「霧島さんから気になることはありませんか？」

　女神様にそう問われ、俺はさっそく尋ねる。

「俺の能力や年齢はどうなりますか？」

　すると、女神様はハッとした表情になる。

「ああ、そうですね！　まず年齢ですが、今の霧島さんはちょっと老いすぎなので、少し若返っていただきます」

「ええ！　若返るのですか？」

　俺が驚くと、女神様はあっさりと言う。

「そうですね。年齢自体は四十二歳のままですが、身体的には十歳くらい若返っていただきます。続いて能力のほうですが……比較しやすいように、あなたと人族の平均的なステータスを並べて見ていただきましょう」

　女神様が準備を始める。

　五分ほど待っていると、目の前に半透明のステータス画面が表示された。

名　前：　霧島憲人

種族：	人族	
年齢：	42	
職業：	未設定	
レベル：	1	
HP：	185	50〜60
MP：	1600	20〜40
体力：	163	40〜50
力：	150	30〜50
魔力：	1300	20〜40
敏捷：	171	40〜60
器用：	149	30〜40
知力：	156	20〜30
攻撃：	150（＋10）	30〜50
守備：	163（＋11）	40〜50

それぞれの数値の下に載っているのが、人族の平均的な数値らしい。

各数値は通常の三倍くらい高いようだな。ＭＰや魔力や知力が飛び抜けて高いので、後衛職寄りと見て良さそうだ。

　さらにステータス情報を見ていく。

装　備：ナイフ、短杖(たんじょう)、布の服、革靴、腰巻き
スキル：【異世界言語（全）】【アイテムボックス（容量無制限＆時間停止）】
　　　【鑑定（極）】【生産（極）】【錬金（極）】【全属性魔法（極・詠唱破棄）】
　　　【調理（極）】【成長率五倍】【タブレット】【交渉】【算術】【読み書き】
魔　法：火、水、風、土、氷、雷、光、聖、闇、無、治癒、精霊、従魔術、時空間、
　　　付与

　装備は今は持っていないが、転移後にもらえるのかな。

　スキル名の下についている（極）とか（全）とかは、そのスキルのレベルを表しているが……とにかく俺のスキルはすごいらしい。

　なお、平均的なスキル保持数は二から四個とのこと。俺は、女神様からもらった九つのスキルのほかに、三つのスキルを持っていた。

　リクエストしたわけじゃないが、俺は魔法を使う際に詠唱が必要ないみたいだ。

　俺はステータス画面を見つつ、圧倒されてしまうのだった。

3　従魔に会う

　ステータスの確認を終えたところで、女神様が言う。

「さて、霧島さんにあと話しておくことは……そうそう、従魔と精霊をそれぞれ一体ずつ付けさせていただきます。従魔はフェンリルで、いかなるときも霧島さんを守ってくれる、守護獣になります」

「フェンリルって！」

　驚きのあまりに叫んでしまう俺。

「どうしましたか？」

「いや、俺がよく読んでいた本では、フェンリルといえばドラゴンにさえ匹敵する狼だったもので」

「その認識で合ってます。なお、セレスティーダでは聖獣になります」

「……聖獣？」

戸惑う俺に、女神様は続ける。

「ええ。セレスティーダでフェンリルは聖獣、つまり神の眷属（けんぞく）として存在しているのです。過去に従魔としていた人族もいるので問題ないかと」

「いやいやいや、問題ありますよ！　そんな目立つ存在を従魔にしていたら、確実に国とか貴族とかに目をつけられます！」

俺が必死に抗議すると、女神様は平然と言う。

「大丈夫です。神の眷属と言ったでしょう？　セレスティーダで神は、霧島さんの元の世界以上に畏（おそ）れられているんです」

それから女神様は、セレスティーダで起きたという出来事を話した。

かつてフェンリルを使役したという人物は、俺が言ったように国に目をつけられ、その力を利用されそうになったという。

しかし、神の怒りに触れ、それに関わった王族と大臣が命を落とした。

以来、セレスティーダでは次のような言葉が広まった。

——聖獣と聖獣を従える者に手を出すことは、神への反逆と同義である。

女神様は一通り話し終え、笑みを浮かべる。

「この言葉は、私ではない神が地上の者達に向かって言ったものです。ともかく、もし霧島さんがフェンリルを連れていることでトラブルに巻き込まれそうになったら、あとで紹介する精霊を通して、私に連絡をください」

俺は頭を抱えて口を開く。

「……ちょっと、聞きたいことだらけなのですが。そもそも、セレスティーダには幾柱の神がいるのですか？」

「私が主神として存在し、あとは様々な属性ごとに一柱ずつ神がいます。私だけでセレスティーダを管理するのは大変ですからね。最初にも言いましたが、私が管理してるのはセレスティーダだけではないので」

「言ってましたね、いくつか管理してると。ともかくセレスティーダにはたくさん神がいて、決まった領分があるということですかね」

「そうですね。例えば教会には、聖、光、治癒の神が関わっています」

「ああ、何となくわかりました。火山だと、火と土の神が関わっていそうですし」

それから女神様は、精霊についての説明に移った。

「付くのはただの精霊ではなく、大精霊です。大精霊は、セレスティーダの地理、歴史、常識を教え、霧島さんを導くでしょう。もし霧島さんが逸脱した行為に及んだ場合は……大精霊から私へ連絡が来ます。なので、あまり暴れないでくださいね？」

「なるほど。大精霊はナビゲーターの役割なんですね。あと、暴れないでくださいとのことですが……もちろん、そのつもりはありません。ただし大切な人を守らなくてはいけない場合は、どうなるかわかりません……」

俺がそう口にすると、女神様はにっこりと微笑む。

「大切な人を守るためであれば、暴れてしまうのも仕方ありません。では、呼びますね」

それから女神様は正面をじっと見据え、声を発する。

「フェンリル、大精霊、ここに来なさい」

すると、女神様の目の前に魔法陣が現れ、強い光を発する。

数秒後、巨大な存在が姿を現した。

フェンリルは体長四メートルほどあり、威風堂々（いふうどうどう）立っている。

その真っ白なフェンリルの頭上には、五十センチメートルほどの少女が座っていた。ピンク色の長い髪をはためかせ、ピンク色のドレスを着たその子は楽しそうに笑っている。

女神様が優しげに声をかける。

「よく来ましたね。さっそくですが、あなた達に仕事を与えます。こちらにいる霧島さんに従うように」

フェンリルが俺に視線を向ける。

それから首を傾げると、威厳（いげん）ある声を響かせた。

『任務は受けるが……この者、弱くないか？』

脳に直接聞こえてくるようなその声に、女神様が応える。

「私のミスで、つい先ほどまで別の世界で生きていたのですが、セレスティーダに転生することになったのです。まだレベルは1ですが、強力なスキルを付与してあります」

フェンリルは俺をじっと見つめる。

しばらくして、納得したように告げる。

『確かに、とんでもないスキルを持っているな。わかった、その者に付き従おう。霧島さんと言ったか？　従魔契約のため、我に名をつけてもらえるか？』

突然名づけをお願いされて慌てた俺は、女神様に言う。

「フェンリルに名前をつける前に、俺の名前も変えて良いですか？」

「構いませんが、なぜです？」

不思議そうに首を傾げる女神様に、俺は理由を説明する。

「今のままの名前だと悪目立ちしそうなので、セレスティーダの人達が言いやすいものに変えようかと」

「わかりました。では、どのような名にされますか？」

「そうですね……」

俺は一瞬思案したものの、何かに導かれるようにその名を口にする。

「ミストランド。ノート・ミストランドでどうでしょうか？」

「良いと思いますよ！　確かに言いやすそうな気がしますね。ちなみに、どうしてその名にしたのですか？」

俺は一瞬ためらいつつ告げる。

「名字のほうは、霧島というのを英語にしたんです。霧がミストで、島がランドというふうに。ちなみに、英語は俺のいた国とは別の国の言葉です。名前のほうは音の響きだけを残して、それっぽくしました……」

話しながら気づいたが、俺に命名センスは皆無だな。

しかし、フェンリルと大精霊の名前はどうしようか……

フェンリルが不安そうに俺を見てくる。大精霊はそわそわしているフェンリルを見て、ケタケタ笑っていた。

女神様が俺を促す。

「では、霧島さん……いえ、ノート・ミストランドさんの名前はそれで大丈夫だとして、次はフェンリルの名前をお願いします」

俺は悩みつつフェンリルのほうを見て、そして口を開く。

「……ヴォルフ、っていうのはどうです？」

すかさず、女神様が聞いてくる。

「意味はありますか？」

俺は、そんなこと聞かないでくれと思いつつ答える。

「……ドイツ語で狼を意味していたような？　あと、何となく言葉の響きがカッコいいかな？　と思ったので……」

フェンリルが言う。

『安直だが、確かに響きは悪くないな』

俺はホッとして胸を撫で下ろした。

続けて女神様が言う。

「フェンリルの名は、ヴォルフで決まりましたね。では次に、大精霊の名前をお願いします」

「いや、一つ確認したいのですが……大精霊は何の属性なのですか？」

忙しなく急かしてくる女神様をいったん待たせて尋ねると、女神様の代わりに大精霊が直接答えてくれる。

『私は、特に属性を持ってないんです。あなたを補助する役割を担い、あらゆる魔法の知識を教えることになります。つまり、あなたが持つ属性すべて扱えるのです』

大精霊の声も、ヴォルフと同じように直接脳に響くような感じだった。

大精霊の返答に不安を覚えた俺は、女神様に尋ねる。

「……この大精霊、俺に従わせて連れていっても大丈夫なのですか？　何だか随分、位が高そうな

「ええ、大丈夫です。少なくとも最初のうちは、あなたとヴォルフにしか見えないようにしますし」

「精霊さんはそれで良いの？」

そういう問題なのか？　と思いつつも、俺は大精霊に向かって言う。

するとと、大精霊は可愛らしく首を傾げる。

『良いのって？　地上に下りるのも久しぶりだから楽しみ♪』

「……まあ、本人が良いなら」

精霊の軽い反応に呆れていると、大精霊が急かす。

『それよりも、早く私にも名をつけて！』

俺は苦笑いしながら考え、そして告げた。

「……んー、マナはどう？」

『それの意味ってあるの？』

「一応あるよ。確かいろいろな説があったはずだけど、マナっていうのは、万物の素となる元素を意味してるんだ。語感としても、君には合ってると思った」

『悪くないわね。でも、何で元素なの？』

「さっき確認したとき、属性がないって言ってたでしょ？　またその一方で、すべてを扱えるとも。

だから、まさしく元素のようだと思ったんだ」

『わかった！　私の名はマナです！』

マナがそう宣言した瞬間――フェンリルとマナに紋様が浮かび上がった。

これで従魔契約は完了したらしい。

女神様が笑みを浮かべて言う。

「すべて決まりましたね。それでは霧島さん……いえ、ノート・ミストランドさんですね。あなたのこれからが、幸福でありますように……」

女神様は少し名残惜しそうだった。

俺は女神様に向かって頭を下げる。

「いろいろ便宜を図ってくださり、ありがとうございます」

すると女神様は首を横に振って言う。

「こちらもご迷惑をおかけしました。それでは、先ほどお伝えした場所に送りますね。ヴォルフ、マナ、ノートさんを守ってくださいね」

女神様に声をかけられたヴォルフとマナが返事をする。

『承知した』

『わかってます。何かあれば連絡します』

直後、俺、ヴォルフ、マナを囲むように魔法陣が光り始める。

そうしてその光が俺達を覆うと、ほんの数秒だけ浮遊感があった。

しばらくして視界が戻る。

どうやら林の中で立っているようだ。

四十路のおっさんである俺は、ついに異世界セレスティーダに来てしまったらしい。

4　こぼれ話

光が収束していくのを確認しつつ、セレスティナは一人呟く。

「行かれましたか。何とか話をごまかせましたかね。とはいえ、空間の歪みを直そうとしたのは事実ですし、魔力の暴走も間違いないのですが……」

独り言であるにもかかわらず、セレスティナは声をひそめる。

「……実は、他の歪みに意識がいってたから魔力制御が甘くなっていた、とは言えませんよね。かなり優遇したスキルを渡しましたが……ちょっとやりすぎましたかね？」

すると、彼女の後ろから声がかかる。

「優遇するのは仕方がないにしても、ミスの内容がまずすぎると思いますが？」

「っ！　いつ来たの？　びっくりさせないで！」

セレスティナに声をかけたのは、セレスティーダの神の一柱。生物や鉱物を管理する神、ガイストである。

ガイストは呆れたように言う。

「いつ来たも何も、あの子がスキルを選び始めた頃には、すでにいましたよ」

「……そこからですか」

そう言って額に手を当てるセレスティナに、ガイストは真面目な表情で尋ねる。

「それで、どうするのですか？」

「どうとは？」

「すぐ死ぬような所には送ってないようですし、彼、人族の寿命に収まらないでしょ？」

「どういう意味ですか？」

わかっていないセレスティナに、ガイストはため息をつく。

そして、再び真剣な顔で言う。

「セレスティナ様、まさか自分の送った世界の特性、忘れてませんか？」

「特性？」

「セレスティーダは魔力が高ければ高いほど寿命が延びる世界です。彼、レベル1でもそこそこのレベルのエルフと同等の魔力を保持していますよ？」

「あっ‼」

しまった、という顔をするセレスティナ。

「……忘れてたんですね」

「彼に詫びて、スキルを与えるのに集中しすぎていましたわ」

「まあ、いくつもの世界を管理してると、多忙すぎて抜けることもあるでしょう」

「ど、どうしましょう？」

困惑するセレスティナに、ガイストは提案する。

「セレスティナ様は、手が空いたときだけ、セレスティーダの様子を見られたらよろしいかと。あとは私が見ますので」

「お願いします」

こうして、ガイストがノートの見守りを買って出たのだが……

第1章

領都ファスティ

Yosoji no ossan,
Kamisama kara
cheat skill wo 9ko
morau

5　いろいろ確認しよう

「ここがセレスティーダか……」

俺はそう言って周囲を見渡す。周りには何の変哲もない木々が立っており、特に異世界らしい様子もない。

確認はしていないが、俺の見た目は多少若返っているらしい。

そういえば、体が随分と軽い。メタボ気味の体形だったはずだが、女神様が健康的な体形にしてくれたようだ。

服装はこの世界の住人に合わせて変わっていた。変な腰巻きが付いているのが気になるが……まあ良いだろう。

ヴォルフが尋ねてくる。

『主よ、これからどうするのだ?』

俺は何をすべきか考え、返答する。

「とりあえずは……いろいろ確認しようと思う」

『確認か？』

『何の確認～？』

声を揃えて聞いてきたヴォルフとマナに、俺は答える。

「俺は、この世界のことも、ここの常識も、俺が持つスキルの使い勝手も、お前達の能力もわからない。だからまず把握しておきたいんだ」

二体とも納得してくれた。

俺はヴォルフに尋ねる。

「まずヴォルフに聞くけど、大きさって変えられるのか？」

『ある程度は可能だ』

「最小サイズと最大サイズを教えてくれ」

『最小一メートル五十センチくらいで、最大でおよそ二十メートルくらいだな。一番動きやすいのが今の大きさだ』

「二十メートル!?」

驚く俺に、ヴォルフは平然と言う。

『ドラゴンと戦うには、それくらいの大きさにならんとな？』

いやまあ、そうなのかもしれないが……

とりあえずヴォルフには、小さくなってもらうことにする。

「ヴォルフ。悪いが、今の半分くらいの大きさになってくれるか？」

『造作もないが、なぜだ？』

「街に入るには大きすぎると思うんだ。珍しがって人が寄ってくるかもしれんからな」

俺が理由を説明すると、ヴォルフは急に凄む。

『我に刃を向ける者がいるというなら、受けて立つぞ？』

俺は頭を抱える。

「いや、いきなり女神様の手を煩わすようなことになるわ！」

『そんなものなのか？』

何もわかっていなそうなヴォルフ。

俺はマナに向かって言う。

「おーい、マナさん。ヴォルフの教育を頼んでいいか？」

『契約にはないけど、主に迷惑かけてるみたいだから、教えることにするよ～』

ひとまず安心できた俺は二体に、これからの基本方針を伝えた。

・人には、できるだけ迷惑をかけない
・俺達に被害が出そうなときは撃退するが、その判断は俺がする

・セレスティーダならではの美味(うま)い物を食べる
・そのための収入源の確保をする
・旅をしながら、人との交流を楽しむ

「――今のところはこんなところだな。わかったか？　ヴォルフ、マナ？」

二体とも頷く。

『承知した』

『わかったよ～』

受け入れてくれたことだし、次の確認をするとしようかな。

俺はマナに声をかける。

「マナは、基本的に人に見えないんだよな？」

『そうよ～。ついでに言っておくけど、主の補助がメインなので、戦闘能力もほぼないよ～』

「それは……そういうふうに女神様に制限されてると思ったら良いのか？」

『そうよ～』

いざとなったら多少は戦えるってことかな。まあ、そういう場面があればヴォルフがいるし、問題ないだろう。

別の質問をする。

「あと聞きたいのは、俺は身分証を持ってないけど、街には入れるのか?」

するとと、マナは目を見開いた。

『あっ! ごめんなさい〜。真っ先に言ってねって女神様に強くお願いされてたんだ。女神様が、お金を【アイテムボックス】に入れたって言ってたよ〜。そのお金で街に入れるし、入ったらどこかのギルドでギルド証を作れば、それが身分証代わりになるよ〜』

なるほど、【アイテムボックス】か。

さっそく試してみようとしたが——出し方がわからない。

「マナ、【アイテムボックス】の使い方を教えてくれるか?」

『えっと……【アイテムボックス】って念じると、中に入ってる物が頭の中に浮かんでくるの。今度は、それを出そうと考えれば出てくると思うよ』

よくわからないが、やってみることにする。

マナに言われたように念じてみると、イメージが浮かんできた。


【アイテムボックス】
・金貨 × 10
・銀貨 × 30
・銅貨 × 100

とりあえず出したり入れたりを繰り返して、感覚を慣らす。

ちなみにマナによると、一般的な四人家族で一月の支出が金貨五枚とのことだ。

一応、手元には金貨十枚あるから、二、三か月くらいは持つんじゃないかな。ヴォルフがいるから何とも言えんが。

まあ、しばらくはやっていけそうだし、ギルドに登録して収入源を探すとするか。

俺はヴォルフとマナに話しかける。

「今は、こんなところかな。俺の戦闘力の確認は……あとで大丈夫だろう。ヴォルフに倒してもらえば良いだろうし」

『我はそれで良いぞ。この辺の魔物ならば、今の主でも余裕だがな』

「そうか。でも、今日のところはヴォルフに任せるよ。何せ、数時間前まで戦いとは縁のない世界にいたんだから」

『承知した。向かってくる魔物は、我が確実に屠ろう。あとな、この辺にはいないだろうが、悪意を持つ人の場合はどうするのだ？』

なるほど、人が襲ってくる場合もあるのか。

「……そういう奴もいるんだよな。そのときは、俺のスキル【鑑定】を使って判断するよ」

『承知した』

俺はマナに尋ねる。

「マナ、【鑑定】は対象をよく見たら発動するのかな？」

『そうですよ〜。練習のためにやってみましょうか。じゃあ、この辺を見てみてください〜』

マナに言われたのでやってみる。

雑草、雑草、雑草、雑草、雑草、雑草、雑草
雑草、薬草、雑草、雑草、雑草、雑草、雑草

……ん？

雑草に紛れて薬草がなかったか？

さらによく見てみると、やはり薬草だった。

・薬草　×1　ポーションの材料になる。採取する際は、途中で折れないように、根ごと引っこ抜くように注意する。

えーと、ポーションの材料になるのか。

根っこから折らないようにすると良いらしいから、その通りに採取する。

その様子を見ていたマナが言う。

『【鑑定】スキルの使い方がわかったようですね～』

俺はやや不安を感じつつも頷く。

「たぶん大丈夫だろう……」

6　街に向かおう

ともかく、最低限の確認を終えたな。

でも、【アイテムボックス】がどれだけレアなのかわからないな。マナに確認しても良いけど、変に目立つのは間違いないだろう。

そんなわけで俺は、多少の金をポケットに入れておいた。

「そろそろ街に向かうとするかな。お前達、街では声を出さずに念話で頼むぞ」

ちなみに、念話というのは従魔術で使える魔法の一つだ。二体を従魔にする前から念話で話していた気もするけど、まあその辺は良いだろう。

『主～、街はこっち方向だよ～』

マナが俺とヴォルフを先導するように飛んでいく。

「マナ、道案内を頼むな」

『任せといて～』


それから三時間ほど歩き、大きな壁が見える所までやって来た。その三時間の間に二度ほど狼に襲われたが、ヴォルフが一瞬で倒してくれていた。

壁の近くまで行く。

近くで見ると、相当の高さだった。

「高いなー」と見上げつつ、街に入るための順番待ちに並ぶ。

すると、俺とヴォルフを見た門番が慌てて詰め所に入っていく。しばらくして、少し立派な鎧(よろい)を着た人が出てきた。

兵士にいろいろ指示してるっぽいな。

なんて観察していると、兵士とおそらく隊長（？）が近づいてくる。隊長らしきその人物は腰の武器に手を当て、すぐにでも抜けるようにしていた。

突如、隊長（？）が声を荒らげる。

「おい貴様、何しにここへ来た！　その魔狼(まろう)は何のつもりだ！」

俺は驚きつつも、正直に答える。

「この子は俺の従魔で、ギルドに従魔登録しに来ました。あと生活のため、俺自身もギルドに登録するつもりです」

隊長（？）は近づき、さらに詰め寄ってくる。

「どこから来たんだ⁉」

その辺の設定を考えてなかったので、マナに念話で聞く。

『マナ、この場合、どうすればいいんだ？』

『「迷い人（まよいびと）」と答えれば良いと思う～』

俺は言われたままに、隊長（？）に伝える。

「どこからと言われれば、迷い人ですかね？」

隊長（？）は表情を曇らせたものの、慌てて口を開く。

「いくつか質問するからついてこい！」

俺は困惑しつつも、大人しくついていくことにした。

◇

やって来たのは、門の横にある詰め所である。ヴォルフは中に入らずに、建物の外で待っていてもらった。

　隊長（？）が厳しい表情で言う。

「それでは質問する」

「はい」

「この街の名前は？」

「知りません」

「この国の名前は？」

「知りません」

「この世界の名前は？」

「セレスティーダですよね？」

「この世界の通貨の名称は？」

「知りません」

「通貨の種類は？」

「俺が知っているのは、金貨、銀貨、銅貨です」

「この付近で出る魔物の種類は？」

「知りません」

　周囲にいる他の兵士達が、「嘘をつくな」とか「その辺の子供でも知っているぞ」とかいろいろ言ってくる。

だが、わからないものはわからない。

隊長（？）が二つの水晶を用意してきた。

一方の水晶に触るよう言ってきたので、その通りに触ってみる。

明るくはなるが、何も起こらない。

これに何の意味あるの？　と思っていると、隊長（？）が眉根を寄せつつ言う。

「……嘘は、ついてないようだな」

続いて、もう一方の水晶に触るよう促してきた。さっそく触れてみると、今度は金色っぽく光った。

周囲の兵士達と隊長（？）が目を見開く。

俺が内心、「何かまずいことでもあったのか……」と不安になっていると、隊長（？）が口を開いた。

「本当に迷い人か……」

俺は、眉間に皺を寄せて考え込む隊長（？）に尋ねる。

「あの、これは何ですか？」

「ああ、最初のは『真贋の水晶』と言い、次のは『魂の水晶』だ」

名前から察するに、俺が先に触ったほうは、真実を言っているか嘘をついているかを調べる水晶なんだろうな。

ただ、もう一方のほうはよくわからない。

魂？　心？　を見られる水晶なのか？

いっそ聞いてみるか。

「それで、その水晶で何がわかるのですか？」

相変わらず考え込んでいた隊長（？）が答える。

「これらは魔道具なんだ。先に触ってもらったほうでは、嘘を見抜ける。次に触れてもらった水晶では、犯罪の有無とこの世界の住人か調べられる。もし犯罪歴があった場合は、さらに別の魔道具を使うことになるが……その必要はないようだな」

「……それで、俺はこの後どうすれば良いのですか？」

俺が嫌な予感を覚えつつ尋ねると、隊長（？）が言う。

「すまないが、従魔登録をしてギルド証を手に入れたら、領主に会ってもらうことになる。それまで、私が付き添うことになるが、了承してほしい」

異世界最初の街に来て早々に領主と会うハメになるとは……面倒なことになってしまったな。

とりあえず、気になってることを確認しとくか。

「えっと……いくつか質問があります。あなたは隊長で良いのですか？」

「ああ。第二衛兵隊、隊長のマークだ。第二衛兵隊はこうして門を守っているが、第一衛兵隊は街中を守っている。今さらだが、さっきは急に怒鳴ってしまって悪かったな」

気にしてなかったが、隊長は謝ってきた。

「いや、別に大丈夫です。俺に付き添うとのことですが、隊長がこの場所を離れても大丈夫なのですか？」

「問題ない。ここには副隊長もいるしな」

何となくだが、マークと名乗ったこの隊長は信頼できそうだ。

いろいろと面倒そうだが、トラブルを避けるためにも彼に従うのが良いかもしれない。

俺はそう考え、マーク隊長に向かって言う。

「じゃあ、従魔登録する場所と、俺がギルドに登録できる場所に連れてってください」

「わかった。ちなみにだが、従魔は従魔ギルドで登録し、体のどこかにギルド証を着けてもらうことになるからな。それであなたのほうは、商業ギルドか冒険者ギルドに登録してもらうことになる」

「複数のギルドに登録するのは可能ですかね？」

商人として生きるのも、冒険者として生きるのも、どちらも良いかもなと思っていたので聞いてみた。

「一応可能だが、その分、金はかかるぞ」

「お金は、たぶん足りると思います」

「いくら持ってるんだ？」

「金貨十枚、銀貨三十枚、銅貨百枚ですね」

俺が正直に言うと、マーク隊長は頷いて言う。

「まあ、それだけあれば大丈夫だな」

マーク隊長によると、通貨の名称は「ダル」のようだ。

ダル硬貨は、価値の低い順に、鉄貨、銅貨、銀貨、金貨、大金貨、白金貨、大白金貨となっており、それぞれの価値は次のようになっているとのこと。

鉄貨一枚　　　　１ダル
銅貨一枚　　　１００ダル
銀貨一枚　　１０００ダル
金貨一枚　　　　１万ダル
大金貨一枚　　　10万ダル
白金貨一枚　１００万ダル
大白金貨一枚　１０００万ダル

なお、白金貨以上は国家間などの大商いでしか使われず、庶民が目にすることはないという。

俺は、詳しく教えてくれたマーク隊長に礼を言う。

「いろいろ教えていただき、ありがとうございした。あと、領主様に会うのは確定ですか？」

偉い人に会うのはやっぱり嫌なので、改めて確認してみた。

マーク隊長は俺のそんな気持ちを察し、残念そうに告げる。

「……確定だ。迷い人の扱いは、そうするように決まっているのでな」

「面倒事が起こる気しかしないのですが」

「諦めてくれ。それをしないと、国の危機になりかねん」

「……はぁ、仕方ないか」

マーク隊長に言われた通り、ここは諦めて従うことにするか。しかし国の危機とは、随分と大げさだな。

気を取り直すようにマーク隊長が言う。

「では、さっそくで申し訳ないが、登録しに行くことにしよう」

「わかりました」

俺とマーク隊長は詰め所から出た。

それからヴォルフを連れ、門をくぐって街に入る。

俺の前には、異世界で初めて目にする街並みが広がっていた。女神様も言っていたが、確かに昔の欧州の街並みのようだった。

7　従魔ギルド

マーク隊長がふと思いついたように聞いてくる。

「そういえば、名前を聞いてなかったな」

俺も名乗ってないのを思い出し、即座に返答する。

「ノート・ミストランドと言います」

「ノートか。じゃあこれからはそう呼ばせてもらう。ところで、名前に家名が付いているが、貴族なのか？」

「いえ。俺がいた所では、家名を持つのが普通でした」

「……そうか。まさか、そのまま登録するつもりか？」

含みを持たせて問うマーク隊長に、俺は尋ねる。

「まずいことでもありますか？」

マーク隊長はため息交じりに答える。

「まあ、まずいというか、トラブルに巻き込まれる可能性があるな。ノートが家名持ちだとバレれば、貴族が圧力をかけてくるかもしれん」

それは随分と面倒くさいな。

「ちょっと避けたいですね。登録の際に名前だけでもできますか？」

「可能だ。むしろ、そうしたほうがいい」

「じゃあ、名前だけにします。それでは行きましょうか」

「ああ、わかった。こちらだ」

案内されるまま、俺はマーク隊長の後ろをついて歩く。

◇

五分ほど歩くと、目的の建物に着いたようだ。

マーク隊長が振り向く。

「ここが従魔ギルドだ。冒険者ギルドと商業ギルドが共同で運営している」

「共同……なぜ共同なのですか？」

「そっちのほうがいろいろ都合が良いんだ。冒険者ギルドには、ノートが連れている魔狼のような戦闘系、そのほかには魔鳥(まちょう)等の偵察系の魔物を登録する奴が多い。一方商業ギルドには、魔馬(まば)とかの運搬系の魔物を登録する奴が多い。どちらにせよ魔物が集まるからな。冒険者ギルドと商業ギルドで別々にするよりも、一ヶ所にまとめようという話になってな」

「ではここで、ヴォルフ達を登録するんですね？」

「ヴォルフ？　その魔狼のことか。だが達と言ったな……」

「いや、この魔狼のほかに、精霊がいるんです」

俺が何気なくそう答えると、マーク隊長は目玉が落ちないか心配になるくらいに、大きく目を見開いた。

「はぁぁっ!?」

「あの、声を抑えてくれます？　あまり目立ちたくないので」

俺が注意すると、マーク隊長が俺の手を引く。

「ちょっとこっちに来い」

マーク隊長はそのまま建物に入っていく。

俺のあとにヴォルフが続く。

マーク隊長はそのまま受付に向かうと、受付嬢に向かって口早に言う。

「こいつが従魔登録するんだが……誰にも聞かれぬように個室でしたい。それと、ギルド長を連れてきてくれ」

受付嬢は、いきなり言われても困る、といった感じの反応をする。

「個室は用意できますが……ギルマスを呼ぶかは、そちらで話を聞いてから判断します」

「それでも構わないが、私がこれからしようと思っている話が、お前の口から漏れた場合、大変なことになるぞ」

マーク隊長はそう言って凄みを利かせた。

受付嬢は顔を青くして聞き返す。

「そ、そこまでの大事なのですか？」

「その可能性は高いと判断する」

マーク隊長がそう言うと、受付嬢は考え込んだ。

そして、しばらくしてゆっくりと口を開く。

「わかりました。ギルマスを呼んでまいります」


その後すぐに、俺達は個室に通された。

「こちらでお待ちください」

そう言ったあと、ギルド長を呼ぶために受付嬢は部屋を出ていった。

俺はマーク隊長に尋ねる。

「何なのですか？　そんなに慌てて」

「話を聞いていればわかる……」

マーク隊長は冷たくそう言うと、俺との会話を拒絶するように一人押し黙ってしまった。

俺は仕方なく、マナに念話を送る。

『俺、何かおかしなこと言ったか？』

『ええ、もちろん。だってこの国で、精霊と契約した者が現れるのは、数十年振りみたいですからね〜』

マナの楽しそうな返答を聞いて、俺は頭を抱えた。

どうやら、目立つような言動をしてしまったようだな。

今度は、床に座るヴォルフに尋ねる。

「どう立ち回れば良いと思う？」

『好きにすれば良い』

ヴォルフは興味すらないらしいな。

するとマナはくすりと笑い、アドバイスをくれる。

『ひとまず、偽装したステータスを見せてみては？』

『俺とヴォルフのステータスの偽装が必要か？」

マナは頷いて答える。

『そのままのステータスを見せると、十中八九、国に囲われることになりますから』

俺は深くため息をつく。

「……フェンリルの主には、手出し無用じゃなかったのかよ」

『もちろんそうですよ。でもフェンリルと気づかれておらず、魔物の魔狼としか思われていませんから』

そうこうしてるうちに受付嬢が戻ってきた。彼女に続いて、初老の男が入ってくる。

たぶん、この人物がギルマスだろうな。

初老の男は席に着くやいなや、どこか嫌味っぽく告げる。

「荒っぽく呼びつけたようですが……何事ですかな」

マーク隊長は姿勢を正して言う。

「ギルド長、大変申し訳ないが、急を要するのだ。怒りを収めてほしい」

「緊急じゃと？　たかだか従魔登録で」

マーク隊長は視線を周囲に動かし、そして声を抑えて言う。

「……受付嬢が退出したら話します」

ギルマスは大きく息を吐くと、それっきり黙り込んだ。それほど待たないうちに、受付嬢が個室を出ていく。

するとすぐに、マーク隊長が口を開く。

「今からする話を聞いたら、ギルマスも覚悟してほしい」

「そこまでの話か？　さっさと話してくれ」

ギルマスが呆れたように促すと、マーク隊長は真剣な眼差しを向けた。そして、覚悟を決めたように打ち明ける。

「今から、従魔登録を二度してもらうことになる」

「二度？　従魔は一体しかいないのにか」

拍子抜けしたように、尋ねるギルマス。

すると、マーク隊長は軽く首を横に振って告げる。

「もう一体は、精霊だ」

「!!」

ギルマスは固まってしまった。

マーク隊長が続ける。

「これで、私がなぜ人払いをして、ギルマス、あなたをわざわざ呼んだのかわかっただろう？」

「……た、確かに、下手に話を広げられんな。わかった、儂が登録をしよう」

「重荷を背負わすが、頼む」

大げさに言うマークス隊長。

ギルマスも同じようなテンションで応える。

「未来ある受付嬢を遠ざけたのは正しいな。こんな荷は長く持つものではないからの……お主は大丈夫なのか？」

「私の場合は不意討ちで、ここに入る寸前に聞かされたから避けようがなかったのだ」

マーク隊長が苦笑しながら言った。

横で聞いていてなんだが、話がとんでもないことになってるな。ともかく、マナの存在はうかつに口にしてはいけないほど危ないということはわかった。

ギルマスがマーク隊長に向かって言う。

「お主も運がないのう」

「もう一つすごいのがあるぞ？　聞くか？」

マーク隊長がちょっと悪そうな笑顔でギルマスに尋ねた。

「怖いのう。しかし気にはなる」

マーク隊長が俺のほうに視線を向け、そして言い放つ。

「こいつはな……迷い人だ！」

「っ!!」

ギルマスはびっくりし、俺の顔をまじまじと見た。必死に口を押さえ、声を出さないようにこらえている。

「驚いたようだな」

マーク隊長がそう言うと、ギルマスは口から手を外して声を抑えて言う。

「そりゃ驚くじゃろう！　だ、だが、このあとはどうするつもりなんじゃ？」

「従魔登録が終わったら、こいつのギルド登録をしてから……その後に、領主様に面会してもらう予定だ」

「それはそうか。ならば、早く終わらせないといかんな」

ギルマスは改めて俺のほうを見る。

「お主、名前は何という？」

「ノートといいます」

続いてギルマスは、ヴォルフに向かって手招きした。

「ノートさんと魔狼はこちらへ。従魔契約がきちんとなされているか、確認するのでな」

それから俺とヴォルフは、ギルマスが持ち込んだ魔道具の台座に手を載せた。

これで従魔契約を確認できるらしい。

しばらくして、ギルマスが告げる。

「契約はちゃんとなされているの。次は、精霊との契約を確認したいのじゃが……」

マナは俺にしか姿が見えない。

しかし、ギルマスはマナの確かな気配を感じ取ったのか、目を大きく見開くとぶるぶると緊張し出した。

「では、精霊はこちらの台の上に、手もしくは足を置いてもらえるかの？」

顔を青ざめさせ、震える声で言葉を紡ぐギルマス。

マナと俺の手が台座に載る。

「……間違いなく契約されておる。属性は治癒と付与か」

属性はそうではないはずだが……

俺がマナに視線を送ると、マナが念話で告げる。

『全属性と出ちゃうと、さらに厄介なことになるでしょ。だから、その二つ以外は出ないようにしたの』

なるほど。

ギルマスは震えを止めると、大きく息を吐く。

「とりあえず、二体の契約は確認できたが……従魔ギルドに登録するには一つ大きな問題があるのじゃ」

「何でしょうか？」

「そこにいる魔狼は良いのだが……精霊の登録証をどうするかが問題でのう」

「何が問題になるのでしょうか？」

「どうやって、登録証を身に着けるのじゃ？」

「あっ」

そこまで言われて、俺はやっと思い至った。

慌てて念話でマナに確認する。

『マナ、登録証をどうすれば良いのかわかるか？』

『しばらくは……少なくとも主がある程度の力を持つまでは、人に見えないままでいるつもりなんだけど……』

見えないのであれば、ギルド証は身に着けようがないか。

俺はギルマスにそれを説明する。

「精霊は当分、人に見えないままでいたいそうです」

「そうか。ならば仕方ないのう。魔狼の登録証のみ渡そう。では、魔狼はこちらに来てもらえるかの？」

ギルマスはそう言って別のテーブルに向かう。

ヴォルフと俺も、そのテーブルに行く。

「では、この中から好きな物を選んでもらえるかの？」

ギルマスが見せてくれたのは、いくつかの首輪と脚輪だった。

ヴォルフは、その中の一つの脚輪に前脚を置く。

「それで良いのか？　では、その脚輪を着けさせてもらおう」

ギルマスがそう言ったところ、ヴォルフはそれを咥えて俺の前に置いた。

すると、その意図を察したギルマスが言う。

「魔狼は、お主に着けてもらいたいようじゃな」

「俺がやっても問題ないのですか？」

俺が確認すると、ギルマスは頷く。

ヴォルフの左前脚に装着させつつ、俺はギルマスに尋ねる。

「精霊にしろ迷い人にしろ、大変なことみたいですね」

「そうじゃの。長寿と言われておるエルフでも、お主のような者に会うことは、その生涯で一回あるかどうかじゃな」

疲れた様子のギルマスに続いて、マーク隊長が言う。

「この国の前身となる国は、欲望を抑えきれない者達によって堕落し、神の怒りに触れて滅んだんだ。だからこそ神に繋がる迷い人や精霊は、この国の者達にとって特別なんだよ。こうして私が付いて、領主様に面会してもらうよう手配しているのもそのためなんだ」

俺は納得しつつも、ますます面倒に感じてきた。

どうせだめだろうなと思いつつも、マーク隊長に尋ねてみる。

「やっぱり、領主様に会わないってできないですよね？」

「できるわけないだろ！　私の首が飛ぶわ！」

マーク隊長は大声を出した。

俺はため息をつくと、諦めて承諾する。

「……ですよね。まあしょうがない。会うだけ会います。ともかく、ここでやることは終わったんですよね。次はじゃあ、俺の身分証をもらいに行きましょう」

「だな。ギルマス、わかってると思うが、他言無用で」

マーク隊長がギルマスに向かって言うと、ギルマスは頷いた。

「わかっておるわい」

マーク隊長が俺に向き直って言う。

「じゃあ、冒険者ギルドに向かおう。商業ギルドより近いしな。冒険者ギルド、商業ギルド、領主館と向かおうか」

「わかった。ヴォルフ、行くぞ」

こうして俺達は従魔ギルドを出て、冒険者ギルドに向かった。

8　冒険者ギルド

少し歩いて、従魔ギルドからそれほど離れていない場所にある冒険者ギルドに着く。

「ここが冒険者ギルドだ。入るぞ」

マーク隊長がギルドの扉を開けて入る。

中にいた冒険者達が、一斉にこちらを見てくる。

テンプレ通り絡まれたりしないでくれよ……と不安になりつつ、俺はマーク隊長の後ろについて歩く。

受付の前に行くと、マーク隊長が受付嬢に言う。

「後ろのこいつの登録を頼む」

「登録ですね、わかりました。では、こちらに記入をお願いします。文字が書けなければ代筆も行うのでおっしゃってください」

さっそく俺は書類に記入していく。

羊皮紙っていうのか、この紙。ちょっと書きづらいな。

えっと名前……ノートと。出身地……書けないな。特技……魔法と従魔と。まあ、こんなもんかな。

受付嬢に羊皮紙を返すと、受付嬢がチェックをして眉根を寄せる。

「出身地の記載がありませんが……なぜですか？」

すると、マーク隊長が俺の代わりに答える。

「訳ありだ。聞くと、物理的にお前の首が飛ぶことになるが……聞くか？」

「い、いえ、ではこのまま登録します」

マーク隊長の脅しに、受付嬢は顔を真っ青にした。

それからすぐに、書類の確認は無事に終わった。

受付嬢が俺に声をかけてくる。

「ノートさん、ここに血を一滴垂らしてください」

俺はナイフで指に傷をつけて、血を垂らした。

ちょっと痛いな、治すか。

——ヒール。

何気なく無詠唱で魔法を使ったところ、受付嬢がびっくりした様子で見てくる。

「今……」

「それ以上は言わないほうがいい」

マーク隊長が被せて言う。

受付嬢はそれでマーク隊長の言わんとすることが理解できたのか、無言で作業に戻った。少しだけ待っていると、手続きは終了したようだ。

受付嬢がギルド証を持ったまま言う。

「あの、少しお待ちください」

これでギルド証をもらえると思ったんだが……受付嬢はそのまま奥へ行ってしまった。

しばらくして受付嬢は戻ってきた。彼女の後ろには、何やら体格の良い男性がいる。

受付嬢が言う。

「冒険者ランクの査定をしたいので、今からこの方と模擬戦を行っていただきます」

また、面倒な展開になったたな。

俺はため息を吐きつつ、あからさまに嫌そうに答える。

「……はあ。やらなければダメですか？」

だが、受付嬢は首を横に振る。

「最低限の技術がない人には、一番下のランクのFすら渡せないので」

「俺は後衛なので、武器を持って戦うことさえしないつもりなのですが……」

なおも引き下がらずにいると、受付嬢と一緒に来た体格の良い男が前に出てきた。そしていきなり大声を出す。

「グダグダ言うな！　登録する奴は、回復職ですらこの模擬戦を受ける決まりなのだ！　自衛くらいできないなら、ギルドに登録する意味などないからな！」

俺は一瞬たじろぎながらも口にする。

「……つまり、何であろうがやれと？」

「さっきからそう言っている」

「従魔は一緒で良いのですか？」

俺がそう提案してみると、体格の良い男はぴくりと反応した。

「構わんが……お前、従魔術師か？」

「従魔術も使える魔術師、ってところですかね」

「従魔はどこだ？」

「ヴォルフ」

後ろを振り返って、ヴォルフを呼ぶ。

ヴォルフは、冒険者ギルドの入り口で休んでいた。伏せていたヴォルフが顔を上げると、それだけで冒険者ギルド内に緊張が走る。

体格の良い男は瞬時に後ずさると、声を震わせる。

「お、おい。そいつがお前の、従……従魔か？」

「ええ、そうです」

男は震えたまま受付嬢に告げる。

「俺は、査定役を降ろさせてもらう……瞬殺される」

「え？　Bランクのあなたがですか」

受付嬢は目を見開いて尋ねると、男は頷きながら話す。

「ああ。あの従魔は、普通の魔狼とは桁が違う。普通の魔狼はCランクだが、あれはAランク以上だ。それを使役してるあの男も相当なものだろう……よく見れば、恐ろしいほどの魔力を持っている」

男は相変わらず体を震わせている。

受付嬢はポカンとしつつ尋ねる。

「へえ、それほどの人なんですか？」

「俺が魔狼と対峙してる間に、魔法を撃たれて終わりだろうな。いや、あいつが詠唱してる間に、魔狼に倒されるか……」

受付嬢は腕を組んで、困ったような表情をする。

「なるほど。でも、査定ができないとなると、登録証を発行できませんね」

「……ならば、俺がギルマスに話しに行こう」

体格の良い男はそう言うと、震える体を抱きしめるようにして奥の個室に入っていった。

俺はどうしたら良いかわからず、仕方なくその場で待った。

やがて体格の良い男が戻ってきた。冒険者ギルドのギルド長らしき、中年の男を連れている。その中年の男が俺に視線を向けながら、体格の良い男に尋ねる。

「そいつがそうか？」

「ええ……」

中年の男は俺をじろじろと見て、突然顔色を変えた。

「はあ？　お前、レベル1でその強さか？」

よくわからないが……【鑑定】でも使ったのか。

中年の男は受付嬢に告げる。

「こいつのランクはDで作っといてくれ。ギルド長権限で与えられる最高ランクだ」

やはりギルドマスターだったか。

それからギルマスは俺のほうに向き、命令でもするように声をかける。

「奥の部屋まで来い」

ギルマスはその部屋に入っていった。

仕方がないので俺も部屋に向かう。マーク隊長がやれやれといった顔をしながらついてきた。

◇

「ここでなら話ができるな。お前、その強さは何だ？」

いきなり尋ねてきたギルマスに、俺の代わりにマーク隊長がやや怒り気味に答える。

「その確認は必要か？」

「必要だろう？　レベル1でその強さなら、間違いなく冒険者ギルドの役に立つ人材になるはずだ」

すると、マーク隊長が冷たく言う。

「残念ながらこいつは、この後、領主様に面会する予定なんだ」

「何だと！　冒険者ギルドの専属になるのではないのか？　そのために来たんだろうが！」

強い口調で言い放つギルマス。

今度は俺が答える。

「いや、俺は身分証を手に入れるためだけにここに来たんだ。別に、冒険者ギルドに加入したいわけじゃない。他のギルドでも構わないんだ」

「はぁ？　ふざけてるのか？　冒険者ギルドを敵に回すつもりか」

ギルマスは笑いながらではあるが、挑発的な口調になる。

そこでマーク隊長が切れた。

「あんた、そんな言い方していいのか？　後悔するぞ？」

「させてみろ！」

ギルマスも切れてそう返すと、マーク隊長が告げる。

「そうかい。じゃあ、そうやって笑って聞くがいいさ。そいつは迷い人で、神の眷属の精霊を従属させている。この意味がわかるよな？」

ギルマスは顔を凍りつかせる。

「お前……な、何を言っている？」

マーク隊長はさらに続ける。

「信じられんだろうが、俺が言っていることは本当だ。うちの隊の魂の水晶でそう出たし、従魔ギルドで精霊との契約も確認された」

「そういうことは早く言うべきだろうが！　どうしてくれる！」

いや、あんたが勝手に話を進めてたんだろうが！

俺も大して事情をわかっているわけではないが、このギルマス、訳のわからんことばかり言ってるな。

しかし、マーク隊長は冷静に返す。

「だから後悔するぞって言ってやっただろうが」

「俺は……何て……者に対して……」

ギルマスは膝から崩れ落ちた。

マーク隊長は、そんな彼に冷たく告げる。

「欲をかいたから、そうなるんだ」

マーク隊長は、ギルマスのことをまったく気にする様子はないようだ。

それどころか、さらに責め立てるように言う。

「領主様に、あんたのことは報告しておく。どちらにせよ、こいつに関することを知っているのは、俺と従魔ギルドのギルド長とあんただけだ」

しかし、俺のことなのに、俺を差し置いて話が進んでるな。

何もわからないのは癪なので何がどうなっているのか確認すると、マーク隊長は次のように語った。

「この国でノートは、目の前のギルドマスターよりも立場が上なんだよ。公爵以下の貴族よりも上位の扱いで、王家と対等に近い扱いになるんだ」

教えてもらったものの、ますます意味がわからないな。

何だよ、王家と対等って……

よくわからんからマナに念話で聞く。

『マナ、今の話は本当なのか？』

『本当みたいですね～。過去のことがあるので、かなり徹底してるようです』

とにかくそういうことみたいで、俺の存在というのは知っただけで、結構な大事になるようだ。

現に目の前のギルマスはパニックになっている。

とりあえず、二人のやり取りに戻ろう。

「ギルド長、こいつのギルド証をもらって帰りますよ」

マーク隊長はそう言い、受付に向けて歩き出そうとする。

「……俺は知らない。何も聞いてない」

ギルマスはうわ言のように呟いていた。

マーク隊長はそんな彼に言う。

「私はあなたに話したし、こいつもその話は聞いている。ですから、往生際の悪いことを言わないでくださいよ」

俺とマーク隊長は個室を出た。

それから受付に戻り、ギルド証をもらった。冒険者ギルドを出たところで、マーク隊長がギルド証を渡してくれる。

「いろんな奴がいるだろうから、しばらくは身辺に気をつけたほうがいいな」

「そうみたいですね。でも、俺にはヴォルフがいるので大丈夫です」

俺はそう返答するのだった。

9 異世界初の食事

続いて、商業ギルドに向かう。

俺は心配になってマーク隊長に尋ねる。

「商業ギルドでも冒険者ギルドのような、面倒なやり取りになるんですかね？」

「いや、そうはならないだろう」

マーク隊長はすんなり断言した。

気になったので、さらに質問する。

「なぜです？」

「商業ギルドは利にならないことを避けるんだ。年会費さえ払っていれば文句は言わない。製作した道具を卸せば、大事にしてくれるだろうな」

「それなら大丈夫そうですかね。魔物の皮とか牙とかなら渡せそうですし」

何気なくそう言うと、マーク隊長が説明してくれる。

「それは道具とは言わないな。そういった魔物の素材を扱うのは、さっき行った冒険者ギルドだ。商業ギルドに卸すのは、武器、防具、アクセサリーなどだな。しかしその口ぶりだと、肉は出さないつもりなのか？」

「そうなんですね。肉はたぶん、自分達で消費することになると思います。ヴォルフがいますしね。もしたくさん採れれば、冒険者ギルドに出すかもしれないですけど……」

後ろのヴォルフのほうを見ると、俺達の会話に興味なさそうにしている。まあ、ヴォルフがたくさん食べるのは間違いないだろう。

「なるべく出してほしいものだ。この街では肉が少ないんだ」

マーク隊長は軽く口にしたものの、ちょっと気になったので聞いてみる。

「そんなに足りないのですか？」

「野生動物や鳥系の肉は多少あるんだが、魔物の肉が少ないんだよ」

魔物の肉と聞いて、俺の食指が動く。

「魔物肉って……美味いんですか？」

「そうだな。何ていうか、他の肉も悪くはないんだが、魔物肉は肉の味が濃いっていうか、深いというか、そんな感じなんだ。まあ一回食ってみればわかるさ」

マーク隊長の説明はよくわからなかったが、とにかく気になる味だな。機会があったら絶対に食べてみよう。

「そうなんですね。なら今度食べてみます」

「そうしたら良い。着いたぞ」

話してる間に、商業ギルドに着いたようだな。

マーク隊長の後ろについて、ギルドの建物の中に入る。

こうしてギルドと関わるのも三回目だ。今回は、受付での手続きを自分でやってみることにした。

俺はちょっと緊張しつつ、受付嬢に声をかける。

「すみません」

「はい。本日はどのようなご用件ですか？」

「えっと、登録をしたくて来たのですが……」

「はい、ありがとうございます。登録料に５０００ダルかかります」

「あ、はい。それではこれでお願いします」

俺は受付嬢に、銀貨五枚を渡した。

「確かにお預かりしました。では、ギルド証を発行するのに、こちらに血を一滴垂らしてください。あとこちらの書類の記入もあわせてお願いします」

さっきやったのと同じように血を垂らし、書類の記入をする。

「ありがとうございます。では、少々お待ちください」

言われたようにしばらく待った。

ギルド長室らしき奥の個室に行っていた受付嬢が戻ってきた。その手にはギルド証が握られている。

「これが商業ギルドのギルド証になります。紛失されますと、再発行に1万5000ダルかかるので、保管には気をつけてください」

俺はこくりと頷く。

受付嬢は笑みを浮かべて続ける。

「なお、こちらは最低ランクのFになっております。Fランクの年会費は1万ダル。ギルドに所属してる間は、毎年必要になります。ギルドランクが上がったり店舗を持ったりした場合は、年会費が変わるので、都度確認していただくようお願いします」

異世界とはいえ、結構ちゃんとしているようだな。

マーク隊長に簡単に説明されていたが、商業ギルドと冒険者ギルドの違いについて、念のため確認する。

「狩った魔物の買取はこちらではなく、冒険者ギルドで行ってくれるんですよね？」

「そうですね。あちらの買取受付でお願いします」

基本的には、冒険に関係する物については冒険者ギルドで、商いに関する物は商業ギルドで扱っているらしい。とはいえ、例外もあったりするらしいので、細かいことは実際に利用しながら確認していくか。

俺は受付嬢に言う。

「では、今年の年会費の支払いをしておきます」

「え！　今じゃなくても大丈夫ですが」

「……忘れたら大変なので」

照れながら白状する。俺は忘れっぽいタイプなのだ。

受付嬢は笑顔のまま言う。

「たまにいらっしゃいますね。わかりました。では、年会費をお預かりします」

俺は金貨一枚を渡した。

「はい、年会費のお支払いも含めた手続きは、これですべて終わりました。本日はありがとうございました」

「また、何かわからないことがあれば伺いますね」

「はい、お待ちしております。本日はお疲れ様でした」

頭を下げる受付嬢に礼を言うと、俺は商業ギルドを出た。

建物から出たあとで、大きく息を吐いた。

随分スムーズに済んだな。冒険者ギルドみたいにならなくて良かったと思っていると——マーク隊長から声をかけられる。

「では、登録も終えたことだし、領主館に向かおう」

急かすマーク隊長を、俺は制止する。

実は、今までの緊張で、喉の渇きと空腹感を感じていたのだ。何か飲み食いできる所に行きたいと伝えると、マーク隊長が言う。

「そうだな。昼もかなり過ぎているし、飯を食ってから行くか」

マーク隊長は、食事処に向かって歩き出した。

◇

よく考えてみると、異世界初の食事だ。

楽しみなような、不安なような。

「……ぃ、お……おい！」

するど、マーク隊長が大声で呼びかけてくる。

いけない。考え事をしてたら、店に着いていたのに気づかず歩き続けていた。マーク隊長からかなり離れている。

食事処の前まで走って戻る。

「すみません、考え事をしてました」

「いや、構わないんだが……どうしたんだ？」

「えっと……こちらでの初の食事になるんで、どんな物が出るんだろうとか、あまりにも楽しみすぎて」

マーク隊長が笑みを浮かべる。

「なるほどな。まあ良い、着いたし入るぞ。あ、苦手な物とかあるか？」

「俺のいた世界と同じ食材かどうかわからないので、何とも言えないです。そこも考えてたところですね」

俺がそう口にすると、マーク隊長は気を利かせて言う。

「じゃあ、今回は私が適当に注文しよう。支払いはあとで大丈夫だ。どちらにせよ、領主様からもらえるからな。もちろん従魔の分もだ。ちなみに、ここの売りは焼いた魔物肉だが、それでいいか？　一応、従魔用に生肉もあるが」

俺は、後ろを歩くヴォルフに尋ねる。

「ヴォルフは生肉が良いか？　焼いた肉が良いのかな？」

ヴォルフが唸り声を上げる。

「グルルルルッ『我はどっちでも良いが、せっかく人の街にいるのだ。人が食べるという焼いた肉を食べてみる』」

『私は、主が食べてる物を少しずついただきたいです〜』

ヴォルフの頭の上に座るマナも答えてくれた。

俺は念話でマナに伝える。

『他の人にバレないようにね』

それから俺はマーク隊長に向き直ると、ヴォルフの分について言う。

「マーク隊長、ヴォルフも焼いた肉でお願いします」

「わかった」

店に入る。昼をだいぶ過ぎているというのもあるのだろう。席はまばらにしか埋まっていなかった。

ヴォルフが入ると人々が一斉に見てくるが、従魔とわかると各々の会話に戻った。

「いらっしゃいませー」

店員が声をかけてくる。そしてヴォルフを見上げて言う。

「従魔もご一緒ならこちらにどうぞ」

広めのテーブル席を案内してくれた。

席に着くやいなや、マーク隊長がメニューを見ながらオーダーする。

「従魔には、ボアのステーキをとりあえず五枚。我々には一枚ずつ。あとは、鶏のスープと白パンとサラダを頼む」

店員さんは復唱してから、厨房のほうに行った。

マーク隊長と今後について話していると、注文した料理が運ばれてくる。ヴォルフには木皿に載ったステーキが差し出された。

「ヴォルフ、食べて良いよ。足りなかったら言うんだよ」

俺がヴォルフに言うと、マーク隊長が告げる。

「私達も食べるとするか」

「はい、いただきます」

マーク隊長が不思議そうな顔をする。

「ん？　何だ、そのいただきますってのは？」

「あー、えーと……」

俺は、昔どこかで聞いたことがある「いただきます」の由来について話すことにした。

「料理を作ってくれた人への感謝と、食材になってくれた動植物への感謝を示して、食べさせてもらいますって……意味合いかな？」

マーク隊長は何度も頷くと、感心したように言う。

「ほう、そういう作法もあるんだな。私達は、その日の糧を与えてくださった神に心の中で感謝をするが、口に出しては言わない」

「まあ、俺の所でも国によってかなり違うので、その辺は気にしないでくれると助かります」

「そうか。それでは食べるとするか」

マーク隊長に促され食べようとすると、ヴォルフが鼻先で俺の太股をつついてくる。

「ん？　ヴォルフ、何だ？　もうおかわりか？」

早くも平らげてしまったらしい。ヴォルフがさらなる肉を求めて頷くので、俺は店員さんを呼んで追加の五枚を注文した。

じゃあ、ようやく俺も食してみるとするかな。

大きなボアのステーキを一口大に切り、フォークで刺す。肉汁が滴るその塊を、ちょっと緊張しつつ頬張った。

直後、地球では食べたことのないような、不思議な味わいが口の中に広がる。

俺は思わず声を漏らす。

「う～ん、美味い」

ボアの肉ってことだけど、イノシシの魔物のことだろうな。話によっては、ボアがヘビを指すパターンもあるけど、そっちだったら少し抵抗がある。

しかし、味が濃くて美味い。

味つけはシンプルで、塩とハーブっぽい何かだ。そのシンプルさが肉の個性の強さに合っていて絶妙だった。

続けて鶏のスープを口にする。これも驚くほど美味い。

マーク隊長がにやにやしながら尋ねてくる。

「どうだ？」

「美味いですよ！　うん、スープも鶏ガラをじっくり煮込んでるのか、出汁がしっかり出てて、野菜も煮溶けているから、味わい深いですね！　パンは少し硬めの歯応えだけど、小麦の香りが鼻から抜けていって良い感じだ」

「口に合ったようで何よりだ」

スラスラとコメントする俺を見て、マーク隊長は笑みを深めた。

そこへ店員さんがやって来る。

「お待たせしましたー」

ヴォルフのおかわりを持ってきてくれた。ヴォルフは新しく出された肉にかぶりつくと、美味そうに咀嚼している。

ヴォルフも気に入ったのかな。

マナはどうだろう？　と見てみると、彼女は俺の皿から少しずつ食べ物を拝借して、笑みを浮かべている。

そんなふうにして食事を楽しみ、やがて食べ終わった。

「ごちそうさまでした」

マーク隊長がまたもや尋ねてくる。

「それは食後に言う言葉か？」

「ええ、まあ。詳しくは俺もわかりませんが、作ってくれた人に礼を言う感じですかね」

「満足できたなら、良かったよ」

マーク隊長も満腹になったようだ。お腹を擦りながら満足げにしている。

俺はふと、今後やらなくてはいけないことを思い出す。

「でも、この後を考えると面倒ですね」

「まあそう言うな。これをやっとかないと、もっと面倒が増えかねないんだ。おーい、勘定を頼む」

マーク隊長が呼ぶと、店員さんがやって来て計算してくれる。

「はーい。えっと全部で７８００ダルになります」

「おお、結構いったな……じゃあこれで頼む」

「お預かりします。おつりを持ってくるので少々お待ちください……お待たせしました。本日はありがとうございました」

「また来させてもらう」

マーク隊長はそう言うと、食事処を出た。

俺もまた来たいなと思いながら、マーク隊長の後ろについていく。

10　門前払い

店を出て少し歩いたところで、マーク隊長が呟く。

「やっぱり、魔物肉は高騰（こうとう）したままだな」

「そうなんですね……お金、俺が出しておきましょうか？」

申し訳なく思ってそう言うと、マーク隊長は首を横に振る。

「いや、気にするな。領主様にバレたら私が叱責されるよ。それに、あとでもらえるから大丈夫だ」

「もしもらえなければ、俺が出すと領主様には伝えますよ。マーク隊長は見ず知らずの俺にここまでしてくれたんです。領主様がセコいことをするなら、俺は街を出るだけですしね。従魔達もいるから、野宿も安心そうですし」

すると、マーク隊長は笑った。

俺は本気だったが、冗談だと思ったらしい。

「もらえなければ、そうしてくれて構わない。お前が街を出るというなら、旅に必要な物を売ってる店に連れていってやろう。そのときは私も一緒に街を出るかな」

「何でですか!?　家族とかどうするんですか」

マーク隊長が妙なことを言うので、俺は驚いて尋ねる。

「私は元々この街の出身ではなく、生家は別の街にあるんだ。嫁もいないから独り身だしな。身軽なんだよ」

「そうなんですか……そうならないことを祈ります」

その後、話は領主様との面会についてになった。

マーク隊長は不安げに言う。

「先に話は通してあるが、公表されているわけではない。どこまで話が伝わってるか心配ではあるが、行かんことにはどうしようない。とりあえず向かうか」

「好き好んでは行きたくないですが……」

「諦めろ」

その言葉のあと、領主館に向けて歩き出した。

◇

四十分ほど歩いた。

すると街並みが変わり、高級そうな豪邸が増えてきた。さらに三十分ほど歩くと、目的のお屋敷が見えてくる。

結構遠いんだなとうんざりしつつ、マーク隊長に尋ねる。

「……あの建物ですか？」

「そうだ」

ようやく門までたどり着くと、門番が寄ってくる。

「何者で、何の用だ！」

急に誰何（すいか）してきた。

マーク隊長が返答する。

「伝令（でんれい）を出してあるので、連絡が来ていると思うが？」

「知らん！　こちらには連絡が来ていない」

門番は嘲笑（あざわら）いながら言う。

疲れているというのにいきなり嘲笑され、俺はカチンと来た。

「マーク隊長、もう良いですよ。あなたの顔を立ててここまで来ましたが、連絡もまともにできない方とお会いしたいとは思っていません！　俺はここで失礼します。一応、これでこの国の仕来りのようなものには従ったと思いますので！」

そう言って俺は踵を返す。

マーク隊長も続く。

「第二衛兵隊、隊長のマークが来たと領主様に伝えてくれ」

嘲笑っていた門番はポカンとしていた。

◇

門をあとにした俺達。

歩きながら、マーク隊長が俺に謝ってくる。

「すまないな、嫌な思いをさせた。ただでさえ嫌がってたのに」

「マーク隊長のせいではないです。むしろ俺が知らないうちに、伝令を送ったり準備していたりしたんですね……それよりも大丈夫でしょうか？」

俺が不安げに尋ねると、マーク隊長は笑顔で答える。

「問題は多少あるだろうが、仕方ないだろう」

「すみません。あとお願いがあって……宿泊する場所を確保しておきたいのと、装備を揃えたいと思ってたんですけど、その案内をお願いできますか？」

「もちろん、案内しよう。装備ということだが、武器か、それとも防具か？」

「両方見たいです」

「どういった物を買うんだ？」

「一応考えてるのは、急所を守れる革鎧と短剣。あとは、魔法を使う際に媒体になるような物ですね」

「わかった。じゃあ、ここからならそうだな……いったん防具屋に行って、次いで武器屋、最後に宿に向かおう」

それからマーク隊長が先を歩いて案内してくれた。


領主邸から一時間ほど歩くと、鎧の絵が描かれた看板が見えてきた。

「ここが俺がおすすめの防具屋、ガント工房だ」

さっそく扉を開けて入る。

店内には、軽装備の革服からしっかりしたフルプレートメイルまでいろいろあった。質は良いようだが、そこまで高価な装備はない。

なお、商品を壊したりしてはまずいので、ヴォルフには外で待ってもらった。

マーク隊長が、店について説明してくれる。

「ここには高級な物は置いてないが、お前のような新人が購入しやすい値段にもかかわらず、防御力が高い、なかなか良い品があるんだ」

「なるほど、良い店のようですね。おそらく稼ごうと思ったらいくらでも良い防具が作れるんだろうけど、あえて新人達のための防具を作っているのか……」

そう口にすると、店の奥からしゃがれた声がかかる。

「店の中で騒いどるんは誰じゃ？」

マーク隊長が返答する。

「衛兵隊のマークだ」

「衛兵隊の人間が何の用だ？　領主様から装備はもらっとるだろう？　保守点検にしろ、領主お抱えの工房でやるはずだ」

「客を連れてきたんだ」

マーク隊長がそう言うのに続いて、俺は現れた親父（おやじ）さんに挨拶をする。

「初めまして。良い店ですね。俺の名前はノートです」

親父さんは鋭い目で俺を見てくる。

「知ったふうな口を利くが……なぜ良い店だと思うんだ？」

マーク隊長が口を挟もうとするが、俺は手を上げて制止する。そして感じた通りに伝える。

「高品質の材料を使えば、もっと品質の高い防具を作れる腕がありながらも、新人でも手が届く範囲の値段に抑えている。低品質の材料で、ここまでの品質に高めているというのは、逆にすごい腕のはずだ。なおかつ、それを表に出していない。まあ、わざと見栄えだけが良い防具も置いていますが……試してるのかな？　そんな見栄えだけで買う客は、今後相手にしないためとかか？　こんなところでどうですかね？」

親父さんはぴくりと眉を動かした。

「なぜ、そう思った？」

「後々わかることなので言いますが、俺は【鑑定】スキルを持っています。スキルなしの目利きは大したことないので、情けない限りですが。あとは、職人気質の人が考えそうなことを言ってみただけです」

俺が種明かしをすると、親父さんは表情を少し緩めた。

「【鑑定】スキル持ちか……それならば品質は見分けられるか。素材に対しても、見栄え装備うんぬんも大体合っている。最近の奴らは、見栄えが良ければ防御力を無視……とまではいかなくとも、軽視するからな」

「まあ、新人や低ランクの冒険者だと、余計にその傾向があるかもしれませんね。あまり危険な依頼がないから、見栄えに走るのでしょう。討伐を始めたら、その危険性に気づくかもですが」

「そうだな。それまで生きてくれればだが」

たぶんこの親父さんが店主なのだろうが、念のため確認してみる。

「ところで、お名前は？」

「ガントだ。看板にも書いてあったろう？」

「すみません。主かどうかわからないのに、名前をお呼びするのも失礼かと思いまして」

「それもそうだな。で、今日は何の入り用だ？」

尋ねてきたガントに、俺は率直に答える。

「急所部分を強化してある革鎧を見せていただきたいです」

「革鎧で良いのか？」

「ええ、恥ずかしながら手持ちに不安があるので。このあと武器屋にも行こうと思っているんですよ。あ！　あと、雑貨屋と食料屋にも……」

聞いてないぞ、という顔をするマーク隊長。

ガントが顎に手を当てつつ言う。

「ふむ？　野営するような依頼は出てないはずだが？　それに武具も満足に揃えられないんじゃ、そこまで強い魔物とも戦えんだろう？」

「俺、後衛職なんですよ。外で待たせてますが、従魔を使役しています。従魔術師兼魔術師ってところですかね。だから、重装備は必要ないんですよ」

「その職なら金属鎧はいらんか。わかった、見繕おう」

いったん店の奥に引っ込んだガント。

しばらくして、装備品をいくつか持って現れる。

「お前さんに合いそうなのは、この辺の革鎧だろう」

五つほどの革鎧を見せてくれる。

「うーん、この右から二つ目の物をもらいます」

「またあっさり一番良いのを選ぶな。さすがは【鑑定】持ちだ」

俺が選んだのは、左胸に装着するタイプの小さな革鎧で、軽さの割に作りがしっかりしている物だった。

「サイズ調整はお願いできますか?」

「ああ、今合わせてしまおう」

さっそく調整してもらうと、俺の体にぴったり合った。

「これで完成だ」

「しっくり来ますね。おいくらですか?」

「そうだな。調整代含めて、2万ダルだ」

「では、これでお願いします」

金貨を二枚渡す。

「おう、毎度。メンテナンスは怠るなよ。この街にいる間は俺が見てやれるが、出たら見てやれないからな」

「ええ。自分でできる範囲はやっておきます。あ、壊れたときに修理するための部品などは買えますか?」

「それなら付けてやる。さっきの代金に含めといてやるから持ってけ」

ここはありがたくもらっておこう。少しでもお金が浮くなら助かるし。

「すみません。いただいていきます」

「おう、また会う日を楽しみにしておく」

「では失礼します」

そのままガント工房を出ていく。なお、購入した革鎧はすぐに装備し、その他の部品などはバレないように【アイテムボックス】に入れた。

すると、マーク隊長が話しかけてくる。

「すごいな」

「な、何がです?」

「あの、頑固親父に気に入られたようだったぞ」

なんだ、【アイテムボックス】を使ったことがバレたわけではなかったようだ。とはいえ、これには何かしらの対策が必要かもな。

「そうですかね？　まあ、もっと良い装備に替えるときには、素材を持ち込んで作ってほしいとは思いましたが」

「お前さんのほうも気に入ったのか」

「気に入ったというか、自分の仕事に真摯（しんし）に向き合っている人だったので、頼もしくは見えましたよ」

　俺がそう言うと、マーク隊長は笑った。

　何か変なこと言ったかと不思議に思っていると、マーク隊長が告げる。

「で、次はどうするんだ？　防具屋、武器屋、宿屋しか聞いてなかったが……雑貨屋と食料屋にも行きたいんだろ？」

「ここから一番近いのはどこですか？」

「雑貨屋だな。次いで食料屋、武器屋と続いて、やっぱり最後に宿屋だな」

「わかりました。雑貨屋に行きましょう」

「じゃあこちらだ」

◇

　防具屋からそんなに離れてなかったので、雑貨屋にはすぐに着いた。

そこで、野営用の調理機材、毛布、マント、テント、灯り用のランタン等を選んでいたら、やっぱりありましたよ。

魔道具の数々が！

店員さんに聞くと、便利な機能というか、地球でも使えそうな便利グッズがたくさんあった。

何一つ買えないけど！　そこまで金ないんだよ！

仕方ないので、今買えて、確実に使う物を購入する。

えっと……

コップ、皿（俺用）六枚、大皿（ヴォルフ用）三枚、小皿（マナ用・俺用）六枚、包丁（肉用・野菜用・魚用）各二本、まな板二枚、片手鍋三個、両手鍋三個、寸胴二個、フライパン三個、菜箸一セット（十本入り）、お玉三本、フライ返し二本、ザル五個、火箸(トング)二個、ボウル五個、網。

調理器具ばかりだけど、こんなものかな？　足りなければ稼いで買い足せば良いか。

大量に持ってきたので、店員さんは唖然(あぜん)としている。

精算すると、合計で金貨五枚だった。となると、残金いくらだ？　武器と食料品と宿屋代まで足りるかな……不安だ。

最悪武器は諦めよう。一応短杖あるし。

えっと、もらったのが金貨十枚、銀貨三十枚、銅貨百枚。細かいのを金貨に換算すると、金貨十四枚ってことか。

で、使ったのが、金貨換算で八・五枚。つまり残金は五・五枚。金貨一枚はマーク隊長に渡す分に残しておくとして、残りは四・五枚分か。

うん、足りないな！　武器屋は見るだけにしよう！

次は食料品だ。見覚えのある食材は多めに、見たこともない物は少なめに買う。

これは……米か？

マーク隊長に聞くと、病人に食べさせる穀物らしい。

お粥みたいにして食べているのかな？　これも多めに買っておこう。日本人だし！　五十キロほどある俵一個丸ごと買った！

そのほかにもいろいろ購入し、全部で金貨四枚使ってしまった。

宿代足りるかな……

マーク隊長に「金はないが、武器は見ておきたい」と言うと、呆れ返って買いすぎと怒られた……

武器屋に着くと、これまた防具屋の親父さんの店並みに、こだわりのありそうな武器がいろいろ並んでいる。

うーん、後日に回そう。

お金作らなきゃ……冷やかしだけというのは、やっぱりつらい。

そんなわけで、本日はそのまま宿屋に向かう。

残金、銀貨五枚分で泊まれるかな？　そんな宿があるかとマーク隊長に問うと……あるらしくてホッとした。

◇

そう思って宿屋に向かっていたら、なんかザワついている。

はぁ、厄介事かな。

遠くから見ると、どうもさっき会った、領主邸の門番の騎士がいるようだった。その人が魔狼を連れた人物を探しているらしい。

間違いなく俺のことだろう。

マーク隊長と目配せをして踵を返すと、さっそく見つかってしまった。

門番の騎士が追いかけてくる。

「お待ちください。領主様がお会いしたいとのことです」

門番はそう言ってきたが、俺は厳しく返答する。

「先ほど面会の旨を伝えても、知らんとおっしゃったじゃないですか」

「そのときは、先触れが届いておらず……」

「だとしても、あの対応は酷いですよ」

そこでマーク隊長も言う。

「領主様には、重要な人物を連れていくという旨の連絡をしていたんだ」

「その辺の事情は……門番の私にはわかりかねます。ともかく、領主様がお会いすると言っているのですから」

門番の一方的な言い分に、俺は怒ってしまう。

「ふざけてるのですか？　さっきは嘲笑いながら門前払いしたのですから、俺は少なくともあなたの導きで、領主邸に行く気はしません。他の方に来てもらってください。領主様にそう伝えてください」

すると、門番は顔を真っ赤にして怒声を浴びせかける。

「平民風情が、領主様の騎士であるこの私にそのような口を利いて、ただで済むと思っているのか!!」

マーク隊長が冷たく言い返す。

「お前こそ勘違いしてないか？　あえて言わなかったが、領主邸の門番騎士よりも、衛兵隊隊長である私のほうが位が上だろ？」

門番はハッとした顔になり、冷や汗を流し始めた。

あたふたする門番を、マーク隊長が怒鳴りつける。

「さっさと領主様に伝えに行け！」

門番は脱兎のごとく駆けていった。

……はぁ、まだまだ面倒事は続くようだ。

11　今度こそ面会

マーク隊長に案内してもらったのは、残金５０００ダルで泊まれて、ヴォルフも一緒に入れる宿屋だった。

「とまり木亭」というその宿に泊まることになり、俺達は二階の宿泊部屋に入る。

俺は部屋の隅々をチェックしていく。

「ふーん、ちょっと縦長になってて、ベッドの足元にスペースがあるってことは、従魔の寝る所はここかな？　ヴォルフ、大丈夫かな？」

「グルルッ『この大きさになってるから寝られはするが……床に直接か？』」

不満げに言うヴォルフに、俺は提案する。

「寝られるなら、毛布を敷くよ」

「グルッ『それならば大丈夫だ』」

これで、ヴォルフの寝る場所は問題ないようだな。

次にマナに念話で尋ねる。

『マナはどうする？』

『主の顔の横で寝ます～』

『潰されないように気をつけてな』

ちなみに、マーク隊長もまだ帰っていない。任務とはいえ本当に仕事熱心だな。俺としてはもう休みたいんだが。

俺はマーク隊長にそれとなく言ってみる。

「これからどうしましょうかね？　そろそろ休んで明日に備えたいんですがね。明日にはさすがに稼がないと、宿にも泊まれなくなってしまうんですよね」

「余計な物を買いすぎるから、そうなるんだろ。とりあえず今日はまだ休めないな。それはわかってて言ってるんだろ？　しばらく待つしかない」

ですよねー。

マーク隊長と雑談すること一時間。

部屋の扉がノックされた。

とまり木亭の店主が、領主様の執事が来たと伝えてくれた。

用意をしたら下りると伝えてもらい、すっかり寛いでいたヴォルフに声をかけて、一緒に一階に下りる。

「ノート様ですか？」

さっそく執事が問いかけてきた。

「領主様の執事さんで間違いないですか？」

「はい、そうでございます。まずはお詫びを。私どもの落ち度で、多大なご不満を持たせてしまって、誠に申し訳ございません」

執事は丁寧に頭を下げた。

さっきの門番とは違って、話のわかる人物のようだ。

「あなたのやったことではないでしょう？」

俺がそう言うと、執事は申し訳なさそうに言う。

「しかし、あの者も領主邸に勤める人間に相違ありません。領主邸の使用人をまとめる者として、謝罪させてください。そうでないと話を続けられません」

「わかりました。謝罪を受けます」

俺はそう告げると、執事に話を促した。

「領主様の伝言で、面会と夕食のお誘いにまいりました。よろしければ、今から向かっていただきたいです」

急だなと思いつつも、こうなることはある程度予想していたので、俺は執事に返答する。

「このまま向かえば良いですか？」

「馬車を用意してますので、出発できるようになりましたら、お声かけください」

俺はちょっとうんざりしつつも、マーク隊長に確認する。

「マーク隊長、良いですか？」

「私は問題ない」

続いてヴォルフに問う。

「ヴォルフも良いか？」

「グルルウッ『問題ないが、我の分も飯は出るのだろうか？』」

マナも『私の分もあるかな～？』と聞いてくる。

「マナは俺の分を食べてくれるかな？」

『わかった～』

俺の従魔達は、食事の心配しかしてないようだな。まあ、それくらい気楽なほうがいいか。

念のため、執事に確認しておく。

「執事さん、従魔の分もありますかね？」

「ええ、ご用意できます」

「では、このまま向かえます」

「わかりました。こちらへどうぞ」

そう言われたので、外に用意されている馬車に向かった。

俺が馬車に乗ると、ヴォルフが飛び乗った。ヴォルフが乗っても大丈夫なほど、大きな馬車だった。次いでマーク隊長、執事が乗り込んでいく。

執事が合図を出し、馬車が動き始める。

◇

二十分ほどで領主邸に到着した。

執事の案内で、そのまま応接室に入る。

「しばらくこちらでお寛ぎください。お茶をすぐに持ってまいります」

執事が部屋を出ると、ものの一分ほどでメイドがお茶を持ってきてくれた。お茶を飲んでいると、すぐに部屋をノックされる。

戻ってきた執事が言う。

「領主様の準備が整いましたので、執務室へ案内します」

それから領主様の執務室に向かい、入るように促されて入室する。

領主様が俺達を歓待する。

「ようこそおいでくださされた。私がこの街の領主、オクター・フォン・ファスティという。王国から は子爵を任じられている」

今さら知ったのだが、俺が滞在している街は領都で、ファスティという名前らしい。

俺は、領主様であるオクター子爵に告げる。

「俺はノートと言います。ファスティを訪れ、従魔登録をし、ギルド証を得ました。セレスティーダの地をいろいろ見て回り、未知なる食材を食べ歩こうと考えています」

いきなりの自己紹介で、俺はここに留まらないということを言い含めておく。

「丁寧な挨拶、痛み入る」

オクター子爵がそう言うと、マーク隊長が話を促す。

「挨拶が終わったのなら、本題に入りませんか？　もう日が落ちてだいぶ経っています。時間もあまりないようですし」

「そうだな。だが、まずは最初に門番の対応を詫びさせていただく。申し訳ない」

オクター子爵は頭を下げた。

俺は慌てて言う。

「領主様が頭を下げてしまうのは問題になりませんか？　そもそも、トラブルを起こした本人がそれを認識していないと、今後も同じようなことが起こるのでは？」

「それもそうだな。ウッケを呼んできてくれ」

オクター子爵はそう言って執事に指示を出した。あの門番はウッケという名前らしい。

執事が部屋を出ていく。

俺達は向かい合ってソファに座った。なお、ヴォルフは適当な所で寛いでいる。

「あの者が来るまで、しばし待っていただきたい」

「構いませんが、次、同じようなことをされたら街を出ます」

俺が真面目な表情で言い放った。

オクター子爵は苦しそうにする。

「そうか……だが、それには及ばない。出るのはあの者になるだろう」

「領主邸の門番を任せているのに、良いのですか？」

俺の問いに、オクター子爵は首を横に振る。

「領主邸の門番騎士だからこそ許されないのだ。あのような者がいては、民との溝が深まるばかりだからな」

「それは、前からわかっていたことでは？」

俺は意地悪にも質問を重ねる。

「そうだな。だが、あの者は人前では大人しく誠実だった。平民相手に、今回のような見下した対応をしていたと報告されたこともない。今回が初めてだったのだ」

それから、オクター子爵は表情を一層強張らせた。

「ともかくだ。迷い人であるノート殿への非礼。本来なら一族すべて死罰。もしくは犯罪奴隷になっても文句は言えん！」

俺は、オクター子爵が告げた処罰の重さに驚く。

「一族すべてを殺すのですか？」

「説明されてないか？　この国の成り立ちを」

「……何度か聞いたような」

俺がそう答えると、マーク隊長が呆れ気味に言う。

「説明をしただろう？　この国と神との約束事を」

「あれか……」

確かに、繰り返し説明を受けた気がするな。

オクター子爵はため息をついて言う。

「……わかったかな？　あの者の行為はこの国を否定したに等しい。本人が知らなかったでは済まされないし、済ましてはいかん問題なのだ。済ませてしまえば、昔のこの国の前身のような国になりかねんからな」

しばらくして執事がウッケを連れて現れた。

「領主様、連れてまいりました」

執事がそう言うと、オクタ―子爵はウッケに向かって厳しく問う。

「ウッケ、お前の職は何だ」

「領主邸の門番騎士です」

「門番騎士は、衛兵隊隊長よりも職位は上だったか？」

「……いえ、下です」

不満顔で答えるウッケ。

「ではなぜ、衛兵隊隊長が来たときに追い返した？」

「中からの連絡もなかったので、問題がないと判断しました」

「衛兵隊隊長から、直接伝令の話を聞いたのにか？」

「そ、それは……聞いてません」

ウッケがまごついた返答をすると、すかさず執事が声を上げる。

「目の前にいながら聞いてないとは……寝てたんですか？」

「しょ、職務は全うしてました」

「聞いた話を聞いてなかったことにするのが、職務を全うすることなんですか？」

俺が口を挟むと、ウッケが睨んでくる。

そして、俺を侮蔑するように告げる。

「いくら衛兵隊隊長に連れられていたとはいえ、このような薄汚い平民が、領主邸に入ろうとするなど……身分不相応にもほどがあると」

「口に気をつけろ！」

オクター子爵が声を荒らげる。

ウッケの発言に被せるように、オクター子爵が睨みつけると、ウッケは困惑し始める。

「領主様……？」

オクター子爵はさらに続ける。

「お前は何もわかっていない。衛兵隊隊長がわざわざ伝令を出したうえで、さらには隊長自身が、この人物を連れてきた理由を」

ウッケも、さすがに自分が大変なことをしたのを理解し出したようだ。

顔を青くしながら尋ねる。

「……私、何か間違いを？」

オクター子爵は、怒りを爆発させて告げる。

「一族すべて死罰に処されても文句が言えんほどの間違いを犯したのだ！　知らなかったでは済まされんぞ！　大体からして、己より下に見えそうだからといって、民に暴言を吐いて良いわけがないであろうが！」

呆然（ぼうぜん）とするウッケ。

オクター子爵は怒って息を切らせている。

マーク隊長と執事は、無言でその場を見ていた。俺はどうしたら良いかわからず、じっとするほかなかった。

ちょうど静かになったところで、俺はオクター子爵に尋ねる。

「で、俺はいつまで待てば良いんですかね？」

「……申し訳ない」

オクター子爵が俺に謝罪をしたのを見て、ウッケは俺がただの平民ではないと気づいたようだ。

愕然とした表情をしている。

オクター子爵が、ウッケに向かって言う。

「お前の処罰は、この方との話し合いのあとに決めよう。それまでは応接室で拘束させてもらう！

使用人一人と騎士二人に監視させておけ！」

ウッケはそのまま連行されていった。

一騒動あったが、これでやっと当初の目的である、迷い人としての報告？　ができるかな。

まあ、俺としては何をしたら良いかよくわかっていないんだが、とりあえず俺の希望はしっかり伝えようと思う。

俺はそう考えて、オクター子爵に話しかける。

「それでは、本当の本題について話しましょう」

「呼んでおきながら、待たせてしまい申し訳ない」

「構いません」

俺がそう言うと、オクター子爵はマーク隊長に尋ねる。

「マーク隊長、彼が迷い人というのは間違いないか？」

「魂の水晶でそのように出ました」

マーク隊長の答えに、オクター子爵は深く頷いた。それから真剣な表情になると、俺に質問する。

「ノート殿、率直に聞くが、王都に行く気は？」

「ないです」

俺は被せ気味に答えた。

きっと建国の逸話が絡んだ問題で、王族などに会ったりしなきゃいけないんだろう。そんな面倒事はごめんだ。

オクター子爵は質問を重ねる。

「どうしてかね？」

「権力者に近寄ると、碌なことにならないのが目に見えているからです」

俺は心底面倒そうに伝える。

「しかし……」

「無理に王様に会えと言うなら、この国から出ます」

「それは困る」

「俺は、好きに生きて良いと言われています。俺はこの世界で、見たことも食べたこともない食材を探したいだけなんです」

「それなら王都に行けば、世界中の食材は大体揃っているぞ」

「行く気はない、と言ってます。集まっている食材の中には日持ちのしない物もあるはずでしょう。魔道具で保管しているなら、値段もはね上がっているに違いありません」

しかし俺には金がない。まさか女神様からもらった大金が、たった一日でなくなるとは思わなかったしな。

「それはそうだが、日をかけずに手に入るというメリットもある」

「領主様からしたらそうでしょうが、食べ歩きがしたいという目的もあるんです。だから、王都行きは、俺にはデメリットしかないです」

「しかし、私は何と王様に申し上げれば良いのか」

オクター子爵はなかなか引き下がらない。

俺は困り顔のオクター子爵に向かって言う。

「迷い人を発見した。だが、王都には行きたがらず、旅に出てしまった。それで良いのではないですか？」

「貴族達がいらぬ欲を出して、ノート殿に手を出すやもしれんぞ」

俺はため息交じりに告げる。

「手を出してきた貴族は、ヴォルフが撃退しますし、セレスティナ様に報告するだけです。その結果、この国の前身と同じになるかもしれません」

「……ヴォルフが撃退？」

オクタ―子爵はそこに引っかかったらしい。もしかしたら、ヴォルフが手を出すとまずい聖獣だってことがわかってないのかな。

俺はマーク隊長に声をかける。

「マーク隊長」

「何だ？」

「伝令を通して送った報告書で、俺とかヴォルフとかの記載はどうなってますか？」

「ん？　ヴォルフは……変異種の魔狼と書いたが？」

「ああ、そこからして違うのか」

「何だ？」

首を傾げるマーク隊長に、俺は床に伏せるヴォルフに視線を向けつつ打ち明ける。

「ヴォルフは、魔狼ではないです」

「……また、とんでもない話になるのか？」

嫌な予感を覚えたのか、そわそわするマーク隊長。

俺は淡々と告げる。

「何がとんでもない話で、何が普通かは俺にはわからないですが……ヴォルフは聖獣、フェンリルです」

マーク隊長とオクター子爵が揃って声を上げる。

「「なっ⁉」」

俺はさらに続ける。

「確か、この国の成り立ちを考えれば……俺やヴォルフに手を出すのは、国の滅びに直結するんですよね？」

「お、おい！」

マーク隊長が声を上げる。

「はい？」

「そんな脅迫めいたことをするのはやめてくれ！　というか、ヴォルフがフェンリルってのは本当なのか？」

俺は平然と答える。

「確かです。セレスティナ様から直接与えられたので」

オクター子爵はぶつぶつと呟き出した。

「この国を潰しかねない。貴族達には伝えられん……」

何だか現実を直視できなくなっている感じだ。

これはしばらく落ち着くのを待つしかないかな？　さすがにお腹減ってきたんだけどなー。

オクター子爵がさらに独り言を続ける。

「……従魔がフェンリル……しかも、セレスティナ様に直接与えられた……」

マーク隊長は、そんな光景を見て頭を抱えている。

落ち着くまで待ちたいところだが……ヴォルフも腹が減ってきているようだ。ちょっと不機嫌そうにしている。

俺はオクター子爵に尋ねる。

「まだ話し合いは続きます？」

オクター子爵がハッとして答える。

「き、聞きたいことがあるので、もう少し時間をもらいたいんだが……」

俺は正直に言う。

「そろそろ空腹に耐えかねてきているので、飯を食いに行きたいのですが？　ヴォルフも空腹らしいので」

「グルルルル」

「食事は出すので、待ってくれ」

そう言うやいなや、オクター子爵は執事に合図を出すのだった。

◇

その後しばらくして、食事の準備ができたそうなので、ヴォルフと一緒に食堂に向かう。

俺が不機嫌だったせいか、豪華な料理が大量に並んでいた。

コンソメみたいなスープと、シチュー。色彩の鮮やかなサラダ。鶏の丸焼き。大量のボア肉のステーキ。

付け合わせに、蒸したイモと大きなパンが山盛りになっている。

ヴォルフに何が食べたいか聞くと、ステーキと鶏の丸焼きと伝えてきた。俺はそれらを大皿に取って、ヴォルフの前に置いてやる。

オクター子爵はまだショックから立ち直れないのか、ずっと頭を押さえていた。

「話はいったん置いといて、温かいうちに食べましょうか」

オクター子爵に促され、さっそく食べることにした。

スープは、ただのコンソメというより、ビーフコンソメに近い味だった。

シチューのほうはキノコっぽい物が入っていてなかなか美味い。溶け込んだ野菜が良い味を出している な。

鶏の丸焼きは、日本で食べた地鶏に近いかな。旨味に深さがあって美味(おい)しい。

ボアのステーキはとにかく肉の旨味が強い。少し火が通りすぎな気がしたが、これは人によって好みが分かれるかもしれないな。

サラダには、オリーブオイルがかかっているようだ。これは地球のイタリア料理と同じ感覚だな。

付け合わせの茹でたイモは、独特の味がして何かわからなかったが、とにかくホクホクして美味しかった。

パンもふっくらしていて絶品だ。微かに甘味を感じる。

さすが領主邸だけあって、庶民の料理とは違った精錬された味わいだったな。


食後のお茶が出たところで、オクタ－子爵が話し出す。

「それでは、先ほどの話を続けます。ノート殿、フェンリルとのことですが、なぜ一緒に？」

「迷い人なので、こちらの知識もない、地理のことをまったくわかっていない状態なので、護衛としてセレスティナ様が授けてくださいました」

「護衛……確かにフェンリルなら手を出されにくいが……」

俺は段々面倒になってきたので、ぶっちゃけてしまう。

「それと、もういろいろ面倒に巻き込まれてるので言いますが、俺は十種類ほどの魔法の属性が扱えます」

本当は十種類どころではないが、とりあえず言ってみた。

オクター子爵は震えて口にする。

「なっ⁉　セレスティーダでも稀な使い手ではないか⁉」

「なので、手を出されるなら撃退させていただきます。再三言ってますが、俺の目的は旅と食材探しなので、この国だけに留まるつもりはないです。言うまでもなく、争いに加担するつもりもないですよ」

その辺はちゃんと釘を刺しておく。

マーク隊長が確認してくる。

「加担しないというのは、この国だけでなく、どの国にもか？」

「味方にも付くつもりはありませんし、敵対するつもりもありません。俺は、俺自身と俺の身内に手を出されない限り何をするつもりもないんです。逆に言えば、それらに手を出されたら相手が国であろうと撃退させてもらいます。こっちにはヴォルフがいるし、俺自身、戦えますから」

俺がきっぱりそう言うと、オクター子爵もようやく折れてくれたようだ。

オクター子爵が弱々しくお願いしてくる。

「……では、せめてどの街にいるのか、知らせてもらえないだろうか？」

「どうやって知らせれば良いんですか？」

「各街や村のギルド、もしくは領主の家に通信の魔道具があるので……私宛に頼みたい」

「わかりました。できるだけ出すようにします」

紆余曲折はあったものの、これで話はまとまったな。

俺の意向ばかり押しつけてしまったが、仕方ないだろう。

オクター子爵が俺に尋ねる。

「これからどうする予定なのかな？」

「明日からしばらくは、狩りや採取をしてお金を稼ぎます。今はお金がないので」

俺がそう答えると、オクター子爵は安堵したような表情を見せた。

「まだ、ファスティにはいてくれるんだな。では、また食事に誘っても良いだろうか？　ウッケの処遇が決まり次第、宿に連絡を入れるので、決まるまで滞在していてほしいんだ」

俺は、それくらいなら、と頷く。

オクター子爵が続ける。

「宿代はこちらから出してやりたいが……借りを作るのは嫌そうだな。ではせめて、ノート殿が街を出ようと思った日に、ウッケの処遇が決まっていなければ、その日以降出させてくれ。こちらの都合で滞在期間を変えるのだから、それくらいはさせてほしい」

「わかりました。もし俺に連絡する場合は、夕方くらいにお願いします。日中はいろいろ動いているので捕まらないと思いますから。もし終日帰らないようなら、あらかじめ宿屋の人に言づけておきます」

「承知した。それでは今日はありがとう」

こちらも挨拶をして、領主邸を出た。

やっと終わったか〜と、俺は大きくため息をつくのだった。

12　依頼を探そう

領主との話し合いが終わり、宿に帰ってきた。

「これでしばらくは、面倒事がなく自由に過ごせるかな？」

「そうだな。ちなみに、二、三日くらいで連絡が来ると思うぞ」

マーク隊長がすかさず言ってくる。

では二、三日を目安に、ファスティでやれることをやっておくか。それで、きっぱりここを離れよう。

俺にはこの世界を巡るという目標があるから、あまりのんびりしていたくはない。

「明日はしっかり狩りをしないと。宿に泊まれないようになりかねないし」

「前も指摘したが、金を遣いすぎだ」

「必要な物だったから仕方がないんですよ。言っちゃなんですが、いつでもファスティを出るつもりでいたんですから」

「な、何でだ……」

「何回も言ったじゃないですか？　拗れた場合はすぐに出ていくと」

マーク隊長はため息をついた。

世話になっている彼には悪いが、こればかりは譲れない。

「とりあえず明日は、冒険者ギルドに行って仕事を見てきます。俺も戦闘に慣れないといけないし。今日はもう疲れたので、しばらくしたら寝ます」

すると、マーク隊長が言う。

「そうか。なら、私は帰るとするか。明日、迎えに来るから、それまで待っていてくれ」

「明日？　今日で俺のお守りは終わりでは？」

領主様に俺を会わせるという任務は終えたはず。マーク隊長が俺に付き添う必要は、もうないと思うのだが――

マーク隊長は笑みを浮かべる。

「街中で面倒にならないように、警護しろと言われているからな」

俺はため息をつく。

気遣いはありがたいものの、また付きまとわれるのか。まあ、これまでマーク隊長には助けられてきたし構わないか。

「ご苦労なことだ」

「そう思うなら自重してくれないか？」

「俺からは手を出してないと思いますが」

「それは確かだが、手を抜いてくれると、私の仕事が減って助かる」

マーク隊長はそう口にすると、立ち去ろうとする。

「じゃあ帰る」

「お疲れ様」

マーク隊長が部屋を出ていった。

俺は部屋の鍵を閉めると、ヴォルフの毛布を敷き、俺もベッドで横になるのだった。

◇

顔に太陽の光が当たり、目を覚ます。

ヴォルフも起きたようだ。

マナはまだ寝ているが、朝食に出る前にでも声をかければ良いかと考え、俺はベッドから体を起こして伸びをする。

「……よく寝た」

ヴォルフに「おはよう」と声をかけると、ヴォルフは顔を伏せたまま、挨拶代わりに尻尾を振った。

柔軟体操をし、朝食の時間になったのでマナを起こす。

「マナ、ご飯に行くぞー」

ヴォルフとマナを連れて、宿の一階に向かう。

揃って食堂で簡単な朝食を食べていると、マーク隊長がやって来た。俺はマーク隊長に向かって言う。

「おはよう」

「ああ、おはよう」

ちょうど食べ終わったところだったので、マーク隊長は声をかけるタイミングを見計らっていたのかもしれない。

「さて、じゃあ冒険者ギルドに行くか」


冒険者ギルドに着いた。

中には冒険者がたくさんいて、掲示板に貼られた依頼票を見ている。

俺はマーク隊長とヴォルフに適当に待っていてもらうと、依頼票を確認しに行く。すると、急に声をかけられる。

「おい！　素人くさい奴が、何で冒険者ギルドをうろちょろしてやがる」

いちゃもんをつけてきたのは、年季の入った装備のおっさんだった。

イラッとしたが、テンプレ通りの展開になったら嫌なので自重し、軽く返答しておく。

「俺も冒険者なので、依頼チェックくらいしますよ」

「お前のようなひょろっとした奴が冒険者だぁ？　冒険者ギルドも落ちたもんだな！　Eランクの俺がいっちょ揉んでやるか？」

男は卑しい笑みを浮かべて挑発してくる。こいつ、俺を弱そうだと見て、喧嘩を吹っかけてきてるな。

しかし、Eランクなのか……

俺はこの前もらったギルド証を見せる。

「Dランクのノートだ。揉んでくれると言うなら全力で相手しよう！　ヴォルフ、こっちに来てくれ！」

ヴォルフが俺の横に来て、男を威嚇する。

すると男は青ざめる。

「おい……その魔狼は……」

「俺の従魔だが？」

俺がそう言うと、男は慌てて頭を下げた。

「すまない。勘弁してくれ！」

「謝罪はいらん。揉んでくれるんだろう？」

俺としては、この男と徹底的にやり合うつもりだったが——そこへ、ギルド職員の女性が駆けつけてくる。

「やめてください！　魔力を抑えてください！」

俺は不機嫌なのを隠さずに、ギルド職員に言う。

「何でだ？　売られた喧嘩は買わないと、舐められたままになる」

「そうかもしれませんが、あなたの魔力が強すぎて、気を失った人もいるんですよ！　せめて周囲に被害が出ないように、コントロールしてください！」

周りを見てみると、確かに倒れている人がいる。

マーク隊長はその光景を見て、頭を抱えていた。

「何だ！　騒がしいぞ！」

奥の部屋から怒鳴りながら出てきたのは、この前会った冒険者ギルドのギルマスだ。

ギルマスは周囲を見回すと、さらにでかい声で一喝する。

「何事だ！　原因を作ったのは誰だ！」

ギルド職員の女性が、俺のほうを手で示して言う。

「……あちらのお二方が原因です」

俺とギルマスの目が合う。

俺は淡々と告げる。

「俺と、このおっさんが原因らしい」

ギルマスは大きくため息をついた。

それから、ギルマスはギルド職員からトラブルの経緯を聞くと、俺ではなく男のほうを拘束するように指示をした。ギルド職員は首を傾げている。

ギルマスが俺に向かって言う。

「ギルド長室に来てくれ」

ギルマスは奥の部屋に向かっていった。

俺が後ろからついていき、さらにマーク隊長も続いた。


ギルド長室で向かい合って座ると、ギルマスはため息をつく。

「……揉め事を起こさんでもらえんか？」

「俺に言われてもな。あいつのほうから、喧嘩を吹っかけてきたわけだし」

「お前さんが何かやったんじゃないのか？」

「俺は、依頼をチェックしていただけだ。そしたらあいつが絡んできた」

俺が答えると、マーク隊長も頷く。

「ああ、ノート殿からは何もしていないぞ」

ギルマスはそれを聞いて、どこかダルそうな表情を浮かべると、部屋の外に向かって声をかける。

「おい、誰かいないか！」

ギルド職員の男性が現れ、ギルマスは指示を出す。

「彼らが入ってきてからの一部始終を見ていた者が、ギルド職員以外にもいるはずだろ。早急に確認してくれ。目撃者を見つけたら、ここに連れてこい」

「わかりました。探してきます」

職員が出ていくと、ギルマスは俺に向かって言う。

「……少し時間をいただく」

「俺はさっさと依頼を確認して、狩りに行きたいんだが？　何せ、懐が空っぽなんでな。時間がかかると、その分、俺の生活が厳しくなるんだ」

俺がクレームをつけると、ギルマスはムッとして言う。

「お主に非がないときは、迷惑料を支払おう。金貨三枚でどうだ？」

俺はマーク隊長に尋ねる。

「金貨三枚なら、今の宿屋より多少広い所でも行けるか？」

「この街の上級宿屋に泊まれる。しかも、五日くらいは大丈夫だ」

俺はギルマスに向き直る。

「なら、それで頼む」

ギルマスは嫌そうな顔をしながらも頷いた。

しばらくしてドアがノックされる。ギルマスが入室許可を出すと、さっきの男性職員が入ってきた。後ろに若い男を連れている。

「お待たせしました。こちらの方が見ていたそうです。一応、身元を確認しましたが、双方の関係者ではないようです」

「わかった、ご苦労だった。また呼ぶが、業務に戻っておいてくれ」

「わかりました」

部屋を出ていくギルド職員。

ギルマスが若い男に声をかける。

「さて、わざわざ来てもらって悪いな。さっそくだが、こやつらがギルドに入ってきてからの流れを教えてくれんか？」

すると、若い男は先ほどの出来事を詳細に伝えた。

一通り聞き、ギルマスが男に向かって言う。

「ご苦労だった。おかげで状況がよくわかった。手間賃ぐらいだが、これで今晩エールでも飲んでくれ」

ギルマスは、若い男に銀貨二枚を渡した。彼は恐縮していたが、頭を下げて受け取ると、そのまま退出していった。

俺はギルマスに言う。

「俺から何もしてないことの裏付けにはなりましたかね？」

「そうだな。では、先ほど伝えた通り、迷惑料として金貨三枚を渡しておこう」

ギルマスから金貨を受け取る。何だかゴネ得してしまったが、本当にお金がなかったので助かる。

俺はついでに尋ねる。

「ありがたい。ところで、今日は狩りに行っても良いか？」

すると、ギルマスは再びダルそうな表情になる。

俺のことを、トラブルメーカーだと思ってるな。

「揉め事にならんように頼む」

「仕事を増やさんでくれよ？」

マーク隊長までそう言ってくる。

ギルマスは嫌そうにしつつも、解毒草採取の依頼を提案してくれた。俺はそれを受注するのだった。

13　初狩りの成果

面倒な話し合いも終わり、門の所まで来た俺達。ちなみに、いつもついてきてくれていたマーク隊長は街の外には来ない。

「じゃ、狩りに行くかな」

街道をある程度歩いたあと、マナに確認をする。

「マナ、今の俺でも倒せて、そこそこ稼げる場所はあるか？」

『それでしたら、南東にある森が良いと思います～。ファスティ周辺では、一番多種多様な動植物、魔物が棲息しています。素材採取や狩りの訓練に持ってこいなんですよ～』

「わかった、そこに向かおう。魔物の定番だしオークとか出るのかな……」

三十分ほど歩き、森の入り口に着いた。

「さて、さっそくですまないが、ヴォルフ、周辺の警戒を頼む。まずは【鑑定】の扱い方に慣れて、素材集めをしたい」

『近づいてくる魔物を倒せば良いのだな？』

「そうそう。あとは、素材になりそうな物や食えそうなやつを見つけたら、取っておいてくれ」

『承知した』

全員で探索しつつ、一つひとつ【鑑定】を試していく。

二時間ほどそんな作業をして、一休みすることになった。

結果、次の物が採取できた。

・薬草（良）　×30
・解毒草（普）　×15
・魔力草（良）　×20
・アポの実　×20　リンゴ味。
・チャの葉　×100　紅茶味。
・バナの実　×30　バナナ味。
・樫（かし）の木　×1　いろんな使い道があるそうだ。
・バネの木　×3　弓矢の素材に良いらしい。

これにプラスして、ヴォルフが狩った獲物は——

・ホーンラビット　×5　角のある兎。
・コケット　×3　見た目は鶏そっくり。
・ボア　×2　日本でも見たことのあるイノシシ。
・グレーボア　×1　ボアより大きい個体。
・サーペント　×1　ヘビ。食えるらしい。

そしてやっぱりいました、オークさん。

ということで。

・オーク　×5

以上の収穫があった。

目的の解毒草は採取できたし、昼食を食べて帰ることにするかな。

メニューは、パン、串焼き、スープ。メインの料理はボア肉の焼き肉にしよう。

ちなみにパンは食料店で買っておいた物。串焼きは、門の手前にあった屋台で衝動買いして【アイテムボックス】に入れておいたのだ。おそらく鶏肉の串焼きかな。

焼き肉のタレは【タブレット】で日本の物を購入する。このスキルを使うのは初めてだが……調べられるだけでなく、購入までできてしまうなんて相当便利だな。タレは数本買って【アイテムボックス】に送っておく。

あとは、肉をスライスして……ってすごいな。

【調理】スキルのおかげで、まるで機械のような高速包丁さばきで、薄切り肉が量産された。ヴォルフのために厚めに切ったステーキも用意しておく。

スライス肉の一部はタレに浸け、少し揉み込んでおく。そうしたほうが肉の内部まで味が染み込んで美味しくなるのだ。

よし、じゃあみんなの目の前で焼いていくかな。石を積んで作ったかまどに網を敷き、その上で焼く。

焼けた肉を、マナとヴォルフの皿に盛ってやった。

スープはいろんな野菜の切れ端が入っただけのシンプルな物だが、なかなか美味い。ちなみに塩で味を整えてある。

串焼きは肉の味を損なわない程度に味つけしてあった。パンは随分と食べ応えがある。

ヴォルフとマナの口にも合ったらしく、ものすごい勢いで食べている。

ヴォルフは何度もおかわりしてくれた。

食後に休憩を取ると、俺達はファスティの街へ戻るのだった。

◇

街の門にたどり着くと、マーク隊長がおり、門の警備の仕事をしているようだった。俺を見つけるやいなや近寄ってくる。

「問題は起こさなかったか？」

いきなり失礼なことを言ってくるな。

俺が首を横に振ると、マーク隊長は尋ねる。

「まあいい。で、早かったが、どうしたんだ？」

「依頼書の解毒草の採取が終わったんだ。あと、魔物もたくさん狩ってきたので、それを納めに行きたい」

俺は持っていた袋から、コケットを取り出して見せる。

言うまでもないが、素材や魔物の死体のほとんどは【アイテムボックス】に収納済みで、袋には一部しか入れていない。

「じゃあそのまま冒険者ギルドに行くか」

「そうだな」

俺が答えると、マーク隊長は他の衛兵達に声をかける。

「あとは頼んだ」

そして二人と従魔とで冒険者ギルドに向かった。


ギルドに入ると、まだ時間が早いからか閑散としていた。

受付に向かい、依頼の完了を伝える。

「依頼を終えたので、処理をお願いします」

「わかりました。解毒草の依頼ですね。それでは、解毒草十本を出してもらえますか？　品質を確認します」

俺は言われたように、解毒草十本を渡す。

受付嬢はその場でチェックしてくれた。

「はい。問題ありません。では、報酬の１０００ダルになります」

「ありがとう。それとは別に、素材の買取をお願いしたい」

銀貨を受け取りつつ言うと、受付嬢は手を差し出して話す。

「それでしたら、あちらの買取所でお願いします」

受付嬢の指示に従って、買取所に行く。

買取所のブースには、無愛想なおっさんがいた。さっそく俺は要件を伝える。

「買取と解体をお願いしたい」

「ああ、ここに出してくれ」

俺は言われた通り、素材を出していく。

ホーンラビット五匹、コケット三匹、ボア二頭、グレーボア一頭、サーペント一匹……

袋から取り出すふりをしつつ【アイテムボックス】から出し続けていると、おっさんが声を上げる。

「ちょ、ちょっと待て、まだあるのか⁉」

「あとは、オークが五体ですが？」

「ですが？　じゃねえ！　すでに机に載らねえだろ！　そっちのもいったん仕舞え！　ついてきてくれ」

で、買取所の裏にあった、解体用の倉庫に連れてこられる。

おっさんがため息交じりに告げる。

「じゃあ手間だが、もう一回出してくれ」

すべて出すと、おっさんは腕組みしながら尋ねる。

「買取の分はどれだ？」

「えーと……ホーンラビット二匹、コケット一匹、ボア一頭、オーク三体はすべて買取で、それ以外は解体してもらって、素材を戻してもらいたい」

なお、買取の際は肉と素材に分けて、計算するようだ。

この前、マーク隊長も言っていたが、魔物肉は不足しているらしく、良い条件で買い取ってくれるとのこと。

「てことは……ホーンラビット三匹、コケット二匹、ボア一頭、グレーボア一頭、サーペント一匹、オーク二体を解体して渡せばいいんだな？」

おっさん、見た目の雰囲気と違って仕事が丁寧だな。

俺は頷いて答える。

「ああ、それで頼む」

「解体料と買取料は、あとでまとめて精算でいいか？」

「そうしてくれると助かる」

「わかった。夕方には終わらせるから、それくらいの時間にまた来てくれ！」

俺はいったん宿屋に戻ることにした。

◇

宿屋に戻ってきたが、査定が終わるまで暇だな。マーク隊長とヴォルフはすっかりリラックスしていた。

俺は暇潰ししようと考えて、マナに声をかける。

「マナ、今ある素材で何かできないか？」

『小瓶を買ってくれれば、ポーション系を作ることができますよ～』

なるほど、薬草はたくさん採ってきたしな。

マナのアドバイス通りポーションを作るため、雑貨屋に出掛けた。

雑貨屋では、小瓶を三十本、３０００ダル分購入。さらには乳鉢なども購入してしまい、結局1万ダルも使ってしまった。

何だかんだついてきたマーク隊長がぼやく。

「また散財したな」

「仕方ないだろう。ポーション作りには必要なんだから」

「はぁ、普通は作ろうと思って作れるような物じゃないんだが……」

「諦めて慣れてくれ」

それから宿屋に戻ってきた俺は、買ってきた物を広げて準備する。

よし、マナに教わりつつ作るとするかな。

「マナ、どうやれば良い？」

マナが教えてくれたポーション作りの手順は、次のような感じだった。

1. 蒸留水を作って、葉と茎と根に分ける。
2. 葉を揉んでおく。茎の皮を剥いで中だけ使う。根は水にさらす。
3. 根と茎をたっぷりの蒸留水で熱して、お風呂の温度くらいにする。
4. それに葉を入れて、魔力を注ぎ入れ、発光したら完成。
5. 念のため【鑑定】でチェックをして、小瓶の首のところくらいまで入れて封をする。

「わかった。やっていくので、都度指示をくれ」

ということで作り始めるが――

【錬金】スキルが良い仕事をしてくれて、あっさりと完成してしまった。

薬草三十本から、ポーションが二十本できた。最後の手順として【鑑定】してみたら、すべて「ポーション（高品質）」と出た。

「マーク隊長、高品質のポーションって、どのくらいで売れるんだ？」

何気なく尋ねてみたら、マーク隊長は腰を抜かしそうになっている。

「高品質のポーションだと⁉ 高級品だぞ！ それにもかかわらず、高ランク冒険者がこぞって買っていくし、中級冒険者もお守り代わりに持つことが多いんだ」

「卸値ってわかるか？」

さらに問うと、マーク隊長は首を横に振った。

「卸値はわからないな。だが普通の店での売値は、一本3万ダルは下らないぞ」

俺は顎に手を当てて考える。

「卸値が半分くらいだとしても1万5000ダルか……だいぶ稼げるな」

そんな俺を見て、マーク隊長が呆れたように尋ねてくる。

「お前は何なんだ？　冒険者なのか？　商人なのか？　錬金術師なのか？」

「ベースは冒険者だな。いろいろ見て回りたいし……ただ、できるだけ稼ぐ手段を増やしたいだけだ」

「いや、普通の冒険者と違いすぎるだろ」

マーク隊長は俺に、疲労したような表情を向けるのだった。

◇

ポーションを作っていたら夕方になっていたので、冒険者ギルドに向かい、そのまま買取所へ行く。

解体をお願いしていたおっさんがおり、俺を見るなり声をかけてくる。

「査定は終わってるぞ！」

俺はおっさんに礼を言って、彼のいるブースに入る。

おっさんが告げる。

「まず、買取のほうを終わらそう。肉はホーンラビット二匹、コケット一匹、ボア一頭、オーク三体だったな」

ホーンラビット一匹が２０００ダルで、合計４０００ダル。

コケットは一匹で１０００ダル。ボアはそこそこの大きさがあったので、１万５０００ダルになったようだ。

オークは一体５万ダルになり、三体で15万ダル。

肉の査定はトータルで、17万ダルになった。

俺はその額に満足して、おっさんに告げる。

「それで構わない」

「助かったぞ。ファスティでは魔物肉が品薄だからな。じゃあ、次は買取の素材の査定額だ」

ホーンラビットは角が買取対象となり、二つで２０００ダル。

コケットの部位はよくわからなかったが、５００ダルになった。ボアは牙が２５００ダル。オークは睾丸が高額で５万ダルだった。

素材はトータルで、５万５０００ダルになった。

「両方合わせて、22万５０００ダルだな。それに解体料として２万５０００ダルをいただくので、お前の取り分は20万ダルだ」

「わかった」

「じゃあ、これが金だ。確認してくれ」

俺は受け取った金を確認し、間違いないと伝える。それから別の買取の話に移ることにし、おっさんに尋ねる。

「ポーションは買取可能か？」

「ポーション？　……可能だが、購入したときより安くなるぞ？」

冒険者ギルドでも、一応ポーションの売買はできるようだな。俺は、首を傾げて不思議そうにするおっさんに伝える。

「購入したのではなく、自分で材料を集めて作ったのを売りたいんだ」

「作った⁉　見せてみろ」

俺はさっそく、自分で作ったポーションを取り出した。そうして、おっさんの目の前に五本ほど並べる。

おっさんは俺のポーションを【鑑定】すると、目を見開く。

「……これを、お前が作ったのか？」

「ああ、そうだ」

おっさんは興奮して言う。

「これなら、一本1万6000ダルで買い取るぞっ！」

俺の推測と近いが、さらに条件が良いな。

俺はもう五本を取り出した。

「じゃあ、十本頼む」

「合計16万ダルだな。ちょっと手持ちがないな。金を出してもらってくるから、そのまま待っててくれ」

そう言って、冒険者ギルドの奥の部屋に引っ込むおっさん。

何となくだが、嫌な予感がする。


しばらく待っていると、おっさんは冒険者ギルドのギルマスを連れて戻ってきた。おっさんとギルマスの後ろにはもう一人、壮年の女性がいる。

ギルマスが俺を見て、呆れたように言う。

「またお主か……今度は高品質のポーションらしいな」

「それで買ってくれるのか？」

単刀直入に聞くと、後ろにいた壮年の女性が前のめりになる。

そして喚くように言う。

「これを作れるなら、冒険者ギルド専属になりなさい！」

どうやら【鑑定】したようだが——またこの展開か。

俺はため息をつき、ポーションを手早く仕舞うと冷たく告げる。

「じゃあ、この取引はなしだ」

「待ちなさい、勝手な行動を取らないで！」

叫ぶ女を無視して、俺は帰り支度をし、ギルマスのほうに視線を向ける。

「ギルマスも同じ意見か？」

「俺は定期的に購入できれば、構わんと思っているが……」

すると、女が金切り声を上げげた。

「ギルマス！　こんな人材を放っておくなんてありえません！」

女が手を伸ばして、俺を乱暴に捕まえようとしてきたところで、すかさずマーク隊長が割って入る。

女が怒鳴りつける。

「何ですか、あなたは！　関係ない人は黙っててください！」

「私はマークと言い、第二衛兵隊の隊長をしております。領主様の命により、こちらのノート殿の警護を任されております」

「はあ？　何で、衛兵隊の方が付いてるんですか！」

「それだけノート殿は、この国にとって重要視されてるんです」

意味がわからないといった顔をする女。

マーク隊長は声を低くして脅すように告げる。

「そんな方に、圧力をかけるような物言いをしたのですから、職務上無視できないでしょう？」

「つまり、国の重要人物ってこと？　そんなわけないでしょう！」

女は依然として喚き続ける。

何なんだこの女は。

俺もさすがにムカついてきたので、魔力を放出してプレッシャーをかける。

「喧嘩を売るのなら買いますし、徹底的に潰します。あなたのその頭は飾りなんですか？　なぜギルマスが俺に強く言ってこないか、考えてみてください」

女は顔を真っ青にして後ずさる。

ギルマスが止めに入る。

「おい、やめてくれ！　俺らはお主と敵対するつもりはないんだ。この者の行動には問題があった。だが、そこまで責めないでくれ！　優秀な人材をスカウトするのも、ギルドの仕事なんだ」

すると、今度はマーク隊長がムッとしたように言う。

「だからといって、いきなり命令口調で言ってくるのはどうかと思いますが？　このようなやり方を是としているなら、監視官を派遣しなくてはいけなくなります」

女が急にしおらしくなる。

「……高品質のポーションを作れる方と知って、冷静さを失っておりました。ギルドでは人材が不足しておりますから、焦っていたのです。誠に申し訳ありません」

俺はため息をつきつつ、ギルマスに視線を向ける。

「専属の話はお断りするが……買取はどうする？」

「ポーションの買取はやらせてほしい。そして気が向いたときは、また持ってきてくれ。この者にはしっかり言い聞かせるから……今回は許してやってくれないか？」

俺も揉めたいわけじゃないからな。

俺はギルマスに向かって告げる。

「絡んでこないなら、俺が何かするということはない。ポーションを売るのは構わないが、俺の気分次第ってことは覚えておいてくれ」

あえて自分の希望を強めに言っておいた。

ギルマスは納得してくれたようだ。

「ああ、それでも構わない、そっちのペースに合わせるし、無茶は言わん」

「なら、この街にいる間は請け負うさ」

それからポーションを卸し、その代金を受け取った俺は、ギルドをあとにするのだった。

歩いていると、マーク隊長が皮肉を言ってくる。

「毎回、何か起こさないと気が済まないようだな」

「俺が起こしたわけじゃないだろ」

すると、マーク隊長はぼやくように言う。

「それはそうだが……実際、お前といると揉め事が起きているからな。文句の一つも言いたくなる」

軽く責められているようだが、俺が悪いのか。

……解せぬ。

ここは気分を切り替えよう。

「それよりも飯にしないか」

「……」

マーク隊長がため息をついた気がするが、気にせずに店を探す。

ちょっと歩いたところで、いい匂いが漂ってくる店があった。そこに入ろうと思い、マーク隊長に聞く。

「ここで良いか？」

「そこは、なかなか値が張るぞ？」

「構わないさ。気晴らしがてら美味い物を食おう！」

お金も入ったし、ちょっと贅沢してもいいだろう。

ヴォルフとマナが嬉しそうな声を上げる。

『肉を食いたい』

『私はいろんな物を食べたいです～』

俺は笑みを浮かべて二体に言う。

「いっぱい食おうな！」

俺達は店に入っていく。

14　生産しよう

店の名前は「食味亭（しょくみてい）」。

マーク隊長によると、少し奮発した食事をしたいときに来る店らしく、魔物肉がオススメとのこと。

俺は店員に、肉は魔物肉をお任せで頼んだ。それから、ヴォルフには魔物肉三種盛りを十人前、マナにはキノコとコケットのクリームシチューをオーダーする。

マーク隊長は、店のオススメコースを頼むらしい。

料理に合わせて、木の実の入ったパンと、ワインを注文しておく。

十分ほどで料理が運ばれてきた。

魔物肉は、ボアとサーペントとオークの肉だった。サーペントとオークを食べるのは初めてだから楽しみだな。

俺が食べる前に、マナのために、パンと各種肉を小さく切り分けてやる。

じゃあ、さっそく食べてみるかな。

まずはパンから。クルミっぽいのが入っていてなかなかいける。

クリームシチューに入っていたコケットは、鶏よりも肉質が硬いな。だが、噛むたびにジュワッと肉の旨みが出てきて美味い。

続いて、サーペント。恐る恐る口に入れてみたが、鶏に近い味と食感だった。これも普通に美味い。

オークは何だろうな？　昔、沖縄で食べたブランド豚のようだ。美味いには美味いが、しいて不満を言うなら、味の変化が少ない。味付けがシンプルすぎる気がするんだよな。

そう思っていたら、故郷の味が恋しくなってきた。まだこっちの世界に来てから二、三日しか経っていないのに。

さらに日本食とかファーストフードとかまで食べたくなってきんだが……調味料とかを手に入れれば作れるだろうか。

そんなふうに考えていると――マナからの視線に気づく。おかわりが欲しいらしく、ずっと待っていたようだ。

俺はマナに謝りつつ、肉を切り分けてあげた。

こうして食事に満足した俺達は、食味亭をあとにした。


歩いていると、マーク隊長から聞かれる。

「この後はどうするんだ？」

「それを今考えてたんだ」

「今日はもう街の外に出ないのか？」

「そうだな。考えてるのは、武器屋に行くか、何か作るかかな」

「確かにこの前は装備品は揃えられなかったようだし、武器屋に行くのはわかるが……今度は何を作るつもりなんだ？」

マーク隊長が心配そうに尋ねてくる。

何かやらかすとでも思っているのだろう。

「そうだな、武器屋に行ってピンとくる物がなければ自作しようかな？　作るとしたら、ナイフ、ショートソード、魔法補助の杖、リングくらいか」

「そんな物まで作れるのか？」

「【生産】と【錬金】を持っているから、作れるとは思うんだが……」

俺が言葉に詰まると、マーク隊長が尋ねる。

「何だ？」

「作るための場所がないことに気づいた」

「できるのであれば、材料を自分で集めたら、場所は紹介してやれるぞ？」

マーク隊長の提案に甘え、武器屋に行って目当ての装備品がなければ、場所の手配をお願いすることにした。

◇

結論を先に言うと、武器屋にはナイフはあったが、それ以外の武器は良い物がなかった。

そんなわけで、武器を作るための材料を探している。

マーク隊長が、鉄材を扱う店と、宝石・魔石の店を案内してくれることになった。

鉄材は二軒目に入った店で良い物があったので購入した。宝石や魔石は良いのがなかったため後回しにする。

一応材料も仕入れられたところで、生産ができるという場所に向かう。

マーク隊長が工房のような所に入っていく。

「おーい！　おやっさんー！」

しばらくして、奥から人が出てくる。

「また珍しい奴が来たな。何か用か？」

おやっさんと呼ばれた人が問うと、マーク隊長が答える。

「少し奥を借りられないか？」

「何のためにだ？」

「こちらの男が、武器を作りたいそうだ」

おやっさんが俺を見てくる。

「お前さん、鍛冶師か？」

「いや、俺は【生産】スキルを持ってはいるが、冒険者兼旅人かな？」

俺が答えると、おやっさんは言う。

「【生産】スキル持ちか。それなら使用して良いが、材料は自分で持ってきてくれ」

「材料は購入して持ってきている」

「そうか、なら使って良いぞ」

俺はおやっさんに礼を言い、奥の鍛冶場へと通してもらった。

さて作るかな、と思ったが――マーク隊長がいるから、【タブレット】で、作り方を確認できない。

申し訳ないけど出ていってもらうか。扉の外に立ってもらって、人が入ってこないようにしてもらったほうが助かるし。

マーク隊長に声をかける。

「作業中は外に出てもらえませんか？」

「何でだ？」

「普通とは違う作業になるかと思うので……」

マーク隊長は考える仕草をしたが、すぐに了承して外に出てくれた。

ヴォルフには、周囲を警戒してくれるように頼んでおく。

では、始めよう。

【タブレット】でセレスティーダの知識を参照し、武器作製の情報を見る。大まかな工程を把握すると、すでに火が灯してある炉へ鉄材を入れた。

しばらく待ち、鉄が溶けているのを確認する。

一度インゴットにしてから、【生産】スキルで武器の形状にしていく。【錬金】を使って様々な強化を施し、付与魔法で風属性を付け、切れ味を良くする。

ポーションを作ったときもそうだったけど、スキルが良い仕事をしてくれるので、思ったように作れた。

でき上がった武器を【鑑定】してみる。

・小太刀(こだち)　攻撃力＋40、軽量化、鉄硬度強化、切れ味＋、風属性
　売値50万ダル

　護身用だから小さいほうが良い。まあ、これくらいの長さのほうが振りやすいしな。初めて作った割には、なかなか良い物ができた。

　売り値は50万ダル。一般的な新品の剣で10万ダルくらいだから、付与も付いているし、悪くはないだろう。鉄材は余ってるし、お金に困ったら売っても良いかもしれない。

　小太刀を振ってみる。

　重くないし、使いやすそうだ。

　続いて鞘(さや)をささっと作る。スキルが大いに働いてくれたので簡単にできた。小太刀を鞘に入れてから、マーク隊長を呼ぶ。

「もう良いのか？」

　俺が頷くと、さらに尋ねてくる。

「どんな物を作ったんだ？」

　小太刀を見せる。

「変わった形の剣だな。短いようだし」

「まあ、護身用だからな」

「そうだったな。それで、今日は作業は終わりなのか？」

「あとは、魔法補助の杖かリング、もしくは魔法増幅アイテムを作りたいんだが……材料がなかったな。今日は終わりにする」

俺が言うと、マーク隊長は外を見るように促す。

「お前は気づいてないだろうが、夕刻に近い時間になってるし戻るか？」

「そうしよう」

外は暗くなり始めていた。

俺は肯定すると、宿屋に向かって歩く。

◇

次の日、朝食を済ませた俺は街を出て、昨日狩りをした森に行く。

小太刀の性能を確かめるため、魔物と戦ってみようと考えたのだ。ヴォルフに単体でいる弱そうな魔物を探してもらう。

さっそく、ホーンラビットが見つかる。

最初はホーンラビットの角を気にしすぎて、小太刀は空（くう）を切っていた。だが、次第に敵の動きに慣れてくると、隙を見て切りつけることに成功した。

倒したホーンラビットはすぐに【アイテムボックス】に入れて次を探す。

続いて、コケットの番と戦う。

単体ではないが、強い魔物ではないので問題ない。コケットはそこまでスピードがないので、サクッと倒せた。

その後、薬草が群生している所を見つけたので、六割ほどの量を採取した。

そんなふうにして、昼下がりまで動き回って倒した獲物は――

ホーンラビット　×5
コケット　×4
ボア　×2
グレーボア　×1

慣れない武器で戦ったにしては、なかなかの戦果じゃないかな。
続いて採取した物は――

薬草　×50

解毒草　×35

おかげでレベルが4まで上がって、ステータスも次のようになった。

名　前：ノート・ミストランド
種　族：人族
年　齢：42
職　業：冒険者兼旅人、職人
レベル：4
H　P：230
M　P：1750
体　力：187
　力　：168
魔　力：1450
敏　捷：192
器　用：161
知　力：174

今さらだが、名前が変わってるのに気づいた。ちゃんとノート・ミストランドになっている。それは良いとして、職業欄がおかしくないか？

「冒険者兼旅人」っていうのは、適当に名乗ったことがある職業だ。「職人」って何だ？　じっと見ていると、クローズアップされた。

・職人

複数の生産を行った者が得る職業。
生産成功率上昇、生産速度上昇、素材効率化、錬金との融和性上昇、魔法付与率上昇。

破格の性能だった。

俺のスキル【生産】と【錬金】との相性が良い職業みたいだな。

気を取り直し、これから何をするか考える。

なかなか頑張った気がするし、まだ時間も大丈夫そうだから、今日のところはここで夕食を作るかな？

俺はヴォルフに尋ねる。

「ヴォルフ、この辺に魔物はいるのか？」

『この辺りなら大丈夫だろう。近づいてきたとしても我が倒すぞ！』

相変わらず頼もしいな。

ヴォルフに続いてマナが言う。

『しばらくの間なら、魔物は来ないよ～』

「そうか。なら、夕食を作るとしようか」

俺はそう言うと、材料の確認を始めた。

15 調理しよう

さて夕食を作るかな。

まず初めに、適当な石でかまどを作る。それから薪を拾い集めて、火をつけやすいように組み上げた。

次に食材を用意する。

メイン料理は、ホーンラビットの塩釜焼きだ。

材料は、主役のホーンラビット、塩、ローズマリー、この世界のネギであるネブカ、エモという名のジャガイモ、ハーブ。

塩釜を作るには卵白が必要なんだけど……ないからそれは諦めて、小麦粉を水で丁寧に練っていく。

それから、ホーンラビットの内臓を取り出し、腹の中を水で流す。

その腹の中に、エモを潰して味付けした物を入れ、その周りにネブカを敷く。肉には直接ローズマリーを張りつける。

さっき作った小麦粉を練った物に塩をたくさん混ぜて、それで肉を包んでいく。できたら、そのままかまどに突っ込む。

焼き上がるのを待つ間、スープを作り、肉を焼いていく。

スープは、根菜をたくさん入れてポトフっぽくした。

肉はとにかく大量に焼いておく。ヴォルフが量を食べるし、もし余っても【アイテムボックス】に入れておけばいつでも食べられるからな。

そうして食事を作っていると、ヴォルフが急に立ち上がった。

「……敵か？」

『いや、敵意はない。だが、こちらを注視している存在がいるな。我の探知圏内に入ったので、警戒態勢を取る』

続いてマナが言う。

『精霊ですね～。少し弱ってるようです～』

こんな所で精霊が弱っている？　どういうことかよくわからないので、もう少し情報が欲しいな。

俺はマナに問う。

「その精霊は何で弱ってるんだ？」

『おそらくお腹が空いてるのではないかと～』

意外な理由だったので、拍子抜けしてしまった。

「まあ、精霊も食事を取るのはわかるが……」

マナも俺と一緒に食事したりするけど、それは遊びのようなものだと思っていた。精霊が空腹で弱ったりするとはな。

そう思っていると、マナが教えてくれる。

『本来、精霊は魔力を吸収するだけで満たされるので、食事を取る必要はないんです～。とはいえ、食物からも魔力を吸収できるんです～。だから極端に魔力がないときは、空腹に襲われたりするのですよ～』

「なるほどな。ともかく何か原因があって、その精霊は腹ペコなわけだ。それで、美味そうな匂いに釣られて近づいてくると」

『そんなところだと思います～』

だったら、特に警戒する必要はないだろう。

俺はヴォルフに告げる。

「ヴォルフ、警戒を解いていい。精霊が食べ物を欲しがるのであれば、分けてあげれば良いんだし」

『わかった。敵意がない限りは見るだけに留める』

「近づいてきたら教えてくれ。食べるか聞くから」

ヴォルフは、了承の意味を表して尻尾を振った。

俺は料理を仕上げていく。塩釜が綺麗に焼き上がり、すべての料理が完成する頃、ヴォルフから念話が届いた。

まだ姿を見せていないが、精霊が現れたらしい。

俺は、どこかに隠れているらしいその精霊に声をかける。

「精霊、近くにいるんだろ？　気に入るかはわからないけど、お腹が減ってるなら一緒に食べるか？」

しばらく反応がない。

やがて食欲に負けたのか、木陰から精霊が姿を現した。マナと同じくらいの大きさの、緑色の長い髪をした女の子だ。

精霊が恐る恐る口を開く。

『……くれるの？』

「ああ、欲しいならあげるよ。ただ、これを食べても一時凌ぎにしかならないだろう？　だから、本体に案内してくれないか？」

精霊には本体を持つタイプがいる。そういう精霊にトラブルが起きた場合、大抵本体のほうに原因があるので、それを探ろうと思ったのだ。

『わかった。私も困ってるから何とかしてほしい』

「よし、決まりだな。まずは料理を食べようか。食べて元気になったら、本体の所に案内を頼む。ヴォルフ、周囲に敵意を持つ者はいないな？」

ヴォルフが答える。

『大丈夫だ』

「じゃあ食べよう」

俺はさっそく、料理を配っていく。

ヴォルフの大皿には、肉を大盛りにしてあげた。

続いて、塩釜焼きを木槌で割る。ハーブと蒸し肉の香りが周囲一帯に漂った。見るからにジューシーなホーンラビットが姿を晒している。

俺はそのホーンラビットにナイフを入れ、大胆に半分に切る。

そして、片方を丸ごとヴォルフの皿に載せ、もう片方は肉を骨から外して食べやすい大きさにしてから、俺、マナ、精霊の皿によそった。

取り分けるのが終わったので、さっそくスープから味わってみる。

我ながら文句なしの味だった。異世界の根菜は、地球のそれに引けを取らないくらい良い出汁を出す。

肉は前回と同じように、【タブレット】で購入した例のタレで食べる。わかっていることだが、やはりこのタレは美味いな。

そのうち塩ダレを作ってみよう。魔物肉は肉自体の味がしっかりしてるから、サッパリした塩ダレが合いそうだ。

ホーンラビットの中のエモのマッシュポテトはホクホクしていて、これもまた最高だった。ホーンラビットの脂が染み込んだポテトは、口の中ですぐにとろけてしまった。

ヴォルフもマナも精霊も、皆、夢中になって食べた。

こうして食事を終えた俺達は、揃って腹をさすりながら食後のお茶を飲む。

腹ごしらえを終えた俺達は、精霊の案内に従って、精霊の本体に向けて歩き出した。


俺は周辺に人がいないのを確認すると、気になっていたことを精霊に聞く。

「本体から離れても大丈夫なのか？」

『数時間なら大丈夫』

「そうか、それなら良いけど」

『それに、もうすぐ着く』

精霊のその言葉通り、二、三分で着いた。

精霊が少し誇らしげに教えてくれる。

『これが私の本体』

「……すごい大きさだな」

精霊の本体は、立派な木だった。

周りを見回していると、木の裏側に何かを感じた。

周囲の清浄な雰囲気とは明らかに異なる、肌にまとわりつく不快感がある。

そこに向けて歩いていくと――何だろう？　何か淀んでいくというか、空気が重くなっていく感じがした。

よくわからないのでマナに確認すると、どうも不浄の物があるようだ。

「つまり、何があるんだ？」

『実際に見てみないとわかりませんが、魔物に殺された人の死体、もしくは魔物の死体でしょうかね。悔い、恨み、怒り、そういった負の感情を持ったまま死ぬと、淀みを撒き散らしてしまうことがあるんです。淀みに侵された土地では、朽ちていくのが早くなります。場合によっては、アンデッドが発生します』

俺はマナの話を聞いて、表情を強張らせる。

「早く対処しないと、より危なくなるんだな？」

『そうなります～』

マナは軽い調子だが、事態は楽観できないようだ。

「原因はわかったが、取り除くにはどうしたら良いのかな……ヴォルフ、場所の特定は可能か？」

『可能だが、急がないといかんな』


その後、みんなで木の周囲を探し回ると、ついに特定できた。

食い千切られた遺体がいくつもある。

その数は、数十体にも及んだ。

身に着けている物からして、冒険者と商人のようだった。依頼の最中に、魔物に襲われたのだろう。

俺は聖属性魔法を使い、遺体を浄化していく。

周囲の淀みまですべて除くと、俺は息を吐いた。

「ふぅ、こんなものかな」

精霊がお礼を言ってくる。

『ありがとう。ここまで戻ればあとは何とかなる。その遺体がなければだけど……』

「遺体は持ち帰るよ。しかし、ファスティの街の近くにこれだけの脅威があったとは……ギルドに伝えておかないとな」

それから遺体をまとめて収納し、俺は帰ろうとする。

すると、精霊が止める。

『待って！　お礼を言ってないし、何もしてない！　あと、お願いしたいこともある』

「お礼は良いさ。俺が勝手にやったことだし。お願いは面倒事じゃないことなら」

俺がそう答えると、精霊が告げる。

『大した物じゃないけど、これをもらって』

本体の木から枝が伸びてくる。

「……これは？」

『一番枝と種子。簡単に言えば、お守り』

「大事な物じゃないのか？」

『数十年もすれば、新しいのができる』

数十年って……精霊からしたら大した期間ではないのかもしれないが、人間の俺からしたらものすごく長い時間だ。

とはいえ、ここで断ることはできない。

「……わかった、気持ちを受け取ろう。で、お願いとは？」

『気が向いたときで良いから、またご飯を食べさせてほしい』

俺はちょっと笑いそうになってしまった。

それくらいならお安いご用だ。

「もちろん。ただし、これから俺は旅をするつもりだから、また来られるとは言いきれない……それでも良ければ」

『その枝を持っていれば、私から声をかけられる。あなたには聞こえなくても、大精霊様には聞こえると思う』

精霊がそう言うと、マナが答える。

『聞こえると思います～』

「そういうことなら、マナ、聞こえたら教えてくれ。よほど先を急がないといけない場合じゃなければ、立ち寄ることにしよう」

俺はそう約束して精霊と別れ、街に戻るのだった。

16　ギルドに報告

ファスティの街に戻ってきた。

森で見つけた遺体の件を伝えるべく、その足で冒険者ギルドへ向かう。辺りが完全に暗くなった頃に着いた。

先日顔を合わせた受付嬢の所に並ぶと、すぐに順番が来た。用件を伝えてギルマスに会えるか聞くと、受付嬢はギルド長室に向かった。

数分後、戻ってきた受付嬢は、しばらく時間がかかると伝えた。

俺は、その間に買取所へ行くと言って、その場を離れる。

買取所に来ると、前回のおっさんがいた。

「おう、今回は何を持ってきたんだ？」

俺はさっそく解体と買取を頼み、狩った獲物を全部出した。

ホーンラビット　×5
コケット　×4
ボア　×2
グレーボア　×1

今回も肉は半分を自分用にもらい、もう半分は買い取ってもらう。作業が終わる予定が明日の午前中とのことなので、また来ると伝えた。

おっさんと話し終えたところで、受付嬢が呼びに来た。

「お待たせしました。ギルマスの所へ案内します」

俺はいったん考え込んで受付嬢に言う。

「ギルマスに、倉庫か、裏の訓練所に来てもらえるよう頼めないか？　実は厄介なお土産(みやげ)があって、ギルドで出すには障(さわ)りがあるんだ」

受付嬢はよくわからないようで首を傾げる。

「どんな物でしょう？」

仕方ないので、遺体を持ち帰ったことを伝える。

すると受付嬢は顔を青くし、ギルマスのもとへ急ぎ伝えに行った。

しばらく待つと、ギルマスがやって来る。

「出先で遺体を見つけたと聞いたが？」

それから人けのない倉庫に案内される。

ギルマスは周囲を確認し、誰もいないのを確認すると、声をひそめて言う。

「ここに出してくれんか？」

袋から取り出すふりをしながら【アイテムボックス】から遺体を出すと、ギルマスはその遺体をじっくりと眺めた。

そして表情を歪めて口にする。

「アイテムカバン持ちか……それはそうと、随分と傷んでいるな？」

アイテムカバンというのは、見た目以上に収納できる魔道具のことである。実際には、この袋はただのズタ袋に過ぎないが、【アイテムボックス】スキルを持っていることがバレてしまうよりいいだろう。

俺は、遺体を収容した経緯を説明した。

ギルマスは深く頷く。

「……なるほどな。採取と狩りをしてるときに、淀みのようなものを感じたので、調べると出てきたんだな？」

「ああ。それで、放置するのもまずいと思って持ち帰ってきた。冒険者を倒せるほどの魔物が近くにいるかもしれん。その脅威を伝えるべきだと思って、ギルドに来たんだ」

「わかった。この者達のことはこちらでやろう。連れ帰ってくれてありがとう」

「構わないさ。放置するとアンデッドになりかねないんだろう？」

「その通りだ。わずかばかりだが、金銭を出す」

「それが規則なら受け取ろう。俺が受け取らなかったために、今後の人達がもらえなくなって、放置するようになるのも困るだろうしな」

「助かる。ではあとは、部屋で話そう」


ギルド長室に場所を移した。

ギルマスが話し始める。

「大体の事情は、先ほど聞いたが……そもそもなぜ狩りに出たんだ？　依頼は受けておらんのだろう？」

「それは、俺が護身用の武器を作ったからだな」

「どういうことだ？」

「これだ」

俺は作った小太刀を見せる。

「おお、なかなかの業物(わざもの)だな！　これほどの物を作れるのか」

興奮するギルマス。

「その辺で買った鉄材を使って作っただけだぞ？」

「このレベルの武器を……ただの鉄材で作ったのか？　……なあ、正式に依頼したいのだが、初心者用の武器は作れないか？」

突然、ギルマスがお願いしてきた。

「……正式な依頼なら考えなくもないが、初心者用か……」

俺は顎に手を当てて考え込みつつ、マナに確認する。

『マナ、作れると思うか？』

『大丈夫です～。ただし、付与魔法を使うのには注意が必要ですね～。強化の付与は良いとしても、魔法の属性の付与はやりすぎだと思う～』

『なるほどな、ありがとう』

俺はマナに礼を言うと、改めてギルマスに顔を向ける。

そして依頼を受ける条件を伝える。

「初心者用の武器も作れるとは思う。ただ、出所が俺であることを言わないこと、あと本数制限をさせてくれ。数としては、剣十、槍十、短剣十あたりでどうだ？」

「わかった、それで頼む。材料は明日の午前中には揃えておこう」

「良かったら、材料は解体の倉庫に持ってきてほしい。明日の昼に、解体した素材を引き取りに行くから」

「ヤードに伝えておく」

初めて聞く名前に、俺は一瞬眉根を寄せる。

少し考えてすぐに思い至る。

「ヤードって、いつも解体をしてくれる、あのおっさんの名前か」

「そうだ」

「では、また明日の昼頃に」

俺はギルド長室を出ると、そのまま受付に戻った。

受付嬢に呼び止められる。

「ノートさん、衛兵隊の方がお待ちです」

彼女が手で示した先にはマーク隊長がいた。

俺はマーク隊長に尋ねる。

「こんな所でどうしたんだ?」

若い衛兵から俺が街に戻ってきたというのを聞いて、わざわざ探しに来たらしい。街中での俺の警護は必須らしいが、ご苦労なこった。

俺はマーク隊長に言う。

「俺は今日は宿に戻るだけだぞ?」

「それを見届けるまでが私の仕事だ」

「そうか、じゃあ戻るか」

マーク隊長は本当に面倒見がいいなと思いつつ、俺は宿に向けて歩き出す。

しばらく歩くと宿に着いた。

宿の食堂で、マーク隊長と一緒に夕食を食べ、部屋に戻る。マーク隊長はそれを確認すると出ていった。

俺は明日からの予定を考えてから就寝した。

◇

翌日、早朝からポーション作りと解毒薬作りをし、宿を出た。

そこへマーク隊長がやって来る。

「おはよう」

「おはよう、俺の行動を逐一チェックしなきゃいけないとは大変だな」

「そう思うなら、自重してくれ」

「十分自重してるだろう？」

俺がそう言うと、マーク隊長はため息をついて肩を竦(すく)める。

マーク隊長が確認してくる。

「で、今日はどうするんだ？」

「今からは旅用の買い出しだな。さらに充実させておきたいからな。知っての通り、俺一人分じゃないんでね」

マーク隊長がヴォルフのほうに視線を移し、さらに問う。

「なるほど、そのあとは？」

「昼頃にギルドに行って、依頼された武器作りだな」

「武器作り？」

「先日作った、俺の武器を見ただろう？　あれをギルド長に見せたら、初心者用の武器を依頼されたんだ」

俺がそう言うと、マーク隊長は目を見開く。

「よく受けたな？　お前は人に使われるのが苦手なタイプかと思っていた」

何気なく失礼なことを言われてるな。俺だって、上から目線の命令とかではない限り、お願い事くらいは受けるつもりだ。

無論、俺の生活を狂わせない程度の依頼までだが。

「今回のは正式な依頼で、前の職員と違って命令じゃなかったからな」

そんな会話をしつつ、市場で必要な物をあれこれ買い、屋台で適当に朝食を取った。

昼が近づいてきたので、ギルドに向かって歩き出す。

17　武器作り

ギルドに着き、受付嬢に話を通すと解体倉庫に案内される。

中に入ると、ギルマスとヤードが待っていた。

ヤードが話しかけてくる。

「依頼されてた解体と、あんたに戻す分の仕分けは終わってるから、あとで肉と代金を渡すな」

礼を言ってから少し雑談をする。ヤードは、まだ魔物肉が足りていないから持ってきてほしいとお願いしてきた。

話が一段落すると、ヤードは出ていく。

俺はギルマスに尋ねる。

「材料は揃いましたか？」

「多めに用意したんだがな、ここには置いていないんだ」

「どういうことです？」

「ギルドにある鍛冶場に用意したんだ」

「そこで作業するのですか？」

「そうなるな」

どうやらギルマスは、作業が捗（はかど）るようにと鍛冶場を押さえてくれたらしい。

俺は一応、釘を刺しておく。

「場所はこだわらないのでそこでも良いですが、作業中は自分と従魔以外は出てもらいます。それが条件になります」

「技術は見せられんというわけか？」

「見たところで、参考にならないですよ。【鍛冶】以外のスキルも使いますから」

「複数のスキルを使うのか？」

「まあ、そうなりますね」

「わかった。できれば教えてもらいたいが……無理は言わんでおこう。武器作り自体断られたくはないからな」

「では、案内をお願いします」

俺がそう言うと、ギルマスは鍛冶場に案内してくれた。

「ここだ」

「わかりました。では、中にいる人には出てもらってください。そのあとはマーク隊長、昨日のようにお願いしたい」

マーク隊長が、鍛冶場の出入り口で警備してくれることになった。

ギルマスが鍛冶場にいた人達に出ていくように指示し、自分も出ていく。

これで誰もいなくなったな。念のためヴォルフにチェックしてもらってから、武器の製作作業に入る。

炉の火を調整して鉄材を入れ、インゴットにしていく。

今回はちょっとした強化だけに留めるので、サクサク進める。

あまり悩まずに作業していたが、少し手を止める。

うーん、初めて作る物は緊張するというか、構えてしまうな。【生産】スキルがあるので失敗しないとは思うんだけど……

よし、しっかりイメージしてから作ろう。

それから俺が考える理想の出来を意識しつつ、武器を成形していった。

でき上がった武器の【鑑定】結果は、次の通りだった。

・長剣　攻撃力＋15、鉄硬度強化、軽量化＋小

・短剣　売値5万ダル
攻撃力＋10、鉄硬度強化、切れ味＋小
売値2万ダル
・槍　攻撃力＋18、鉄硬度強化、貫通力＋小
売値7万ダル

俺のイメージが良すぎたせいか、初心者が持つには手に余る武器になってしまったような気もするが……まあその辺はギルマスに任せるか。

建物から出て、マーク隊長を探す。すぐに見つかり、彼には扉の前で待っていてもらうようお願いした。

俺はギルドの受付に行き、ギルマスを呼んでもらう。

数分後、ギルマスがやって来たので一緒に鍛冶場に行く。製作した武器一式を確認してもらい、やっぱり言われたのが——

「初心者には、少し過剰な武器だな」

とのコメントだった。

でも、これ以下の物は作れそうにないな。

「申し訳ないですが、これより低いのは無理そうです。これをこのまま初心者に売るのは、やっぱ

り難しそうですか？」

「初心者には値段的に買えんだろうな」

確かに【鑑定】でも、長剣が5万ダル、短剣が2万ダル、槍が7万ダルと出てたな。

「ところで、材料費ってどんな感じですか？」

「ふむ、大体一本分で長剣で3500ダル、短剣で2000ダル、槍で5000ダルくらいだろうか」

材料自体は、そこまでかかってないみたいだな。

「だったら、一本につき俺が3000ダルいただくとして、ギルドが1000ダルくらいの手間賃をもらって、売値を1万ダルくらいまでに抑えるのはどうですか？」

「俺としては構わないが、お前の取り分が少なくないか？」

俺は首を横に振って答える。

「別にこれで食っていくわけじゃないから良いんです。だから、初心者には安く売ってやってほしいです」

「わかった。甘えさせてもらおう。では、ギルド長室で精算しようか」

ギルマスがギルド長室に向けて歩き出したので、後ろからついていく。

テーブルを挟んで座ると、ギルマスが告げる。

「さて、では精算するか。お前の取り分は一本３０００ダルで三十本なので、合計で９万ダルだな。改めて確認するが、本当に良いのか？」

「はい。その代わり、初心者の手に渡るようにしてほしいです」

「わかった」

続いて俺は、ポーションの納品について話す。

「ポーションはどうします？　少しなら、渡せる数はありますが」

「それももらおうか」

高品質、普通品質、低品質をそれぞれ十本ずつ出す。

それとは別に、低品質を三十本置いた。

「ん？　低品質の数が多いようだが」

「各十本ずつは売りに出す分です。追加で置いた低品質の三十本は、さっきの武器とセットにしてください」

「何でだ？」

「さっきの武器は、初心者には過剰な物でした。それを自分の強さと勘違いして、無茶する初心者が出そうだなと思ったんです。だからお守り代わりです」

「付けても良いが、なおさらお前の取り分が下がるではないか？」

俺は笑みを浮かべて言う。

「先ほども伝えたけど、今回のこれで儲けるつもりはないですよ」

「わかった。ありがたくいただいておこう」

「では、これで今日は失礼します。このあとにやることも残ってるので」

「今日のことは感謝する。また機会があれば納品をお願いしよう」

「機会があれば」

俺が去ろうとすると、ギルマスが止める。

「ああ、そうだ。ファスティを出て他の街に着いたら、その都度冒険者ギルドに寄ってくれ」

「わかりました」

冒険者ギルド同士は繋がっているので、他の街の冒険者ギルドに寄れば、俺がどこにいるかここにも伝わるらしい。

「できれば、ポーション類は冒険者ギルドで卸してもらえると助かる。商業ギルドを通すと、若干条件が悪いからな」

「なるほど……でも、その街のギルド次第としか言えませんね」

他の街の冒険者ギルドでは、嫌な目に遭うかもしれないしな。実際、この冒険者ギルドでも専属になるように詰められたし。

俺が、そのことをそれとなく匂わすと、ギルマスは申し訳なさそうに言う。

「その辺は、ギルド本部に連絡を入れておき、そのようなことがないよう伝えておこう」

「それは助かります」

「今日はここまでじゃの」

「それでは」

席を立ち、ギルド長室から出ていく。


その後、俺は買い出しに行き、食料品、調味料、鉄材、武具等を補充していった。かなり大量に買ったので、一月くらいは余裕で持つはずだ。

これで準備は整ったし、この街をいつでも去れるな。

オクター子爵の願いは、門番のウッケの処遇が決まるまで、この街に滞在していてほしいというものだった。

俺はさっそくその件について伺うべく、領主邸にアポイントを取る。すぐに会ってくれるとのことだった。

◇

俺はマーク隊長とともに領主邸へ行き、オクター子爵の部屋の前に立つ。

執事がノックする。

「領主様、ノート様とマーク隊長が来られました」

執事がそう伝えると、中に入るように促される。

オクター子爵は朗らかな笑みで、俺達を迎えた。

「よく来てくれた」

「準備は整ったので、そちらのほうはどうかと確認に来ました」

単刀直入にそう言うと、オクター子爵は申し訳なさそうにする。

「すまんな。まだ数日かかりそうなんだ。以前伝えていたように、今日からの滞在費は持たせてくれ」

「わかりました。では、その間は狩りをしながら待っております。では、仕事も残っているようですし、退室させてもらいましょう」

俺が領主邸から出ようとすると、執事がついてくる。

「どうしました？」

「先ほど領主様がおっしゃったでしょう？　ひとまずノート殿が滞在なさっている宿屋のお支払いをさせていただきます」

「別に、どちらでも良かったのですが」

「そうはいきません。私の矜持（きょうじ）に反するので」

まあ、そういうことならやってもらっておこうか。

俺は気に留めることなく、宿屋に戻るのだった。

18　ファスティでの生活の終わり

オクター子爵と再び会った日から、さらに数日経った。

その間の俺の日常は――ヴォルフ達と狩りに出たり、素材をギルドに売ったり、採取した素材でポーション類を作ったり、武器を作ったり、足らなくなった物を買い足したり――

とにかく慌ただしく過ごしていた。

持ち物を確認してみたところ、次のようになっていた。


【アイテムボックス】

金額
・金貨　　×93
・銀貨　　×356

・銅貨　×125

肉類

・ホーンラビット　×30　解体済。
・コケット　×50　解体済。
・ボア　×8　解体済。
・グレーボア　×10　解体済。
・レッドボア　×5　解体済。
・サーペント　×15　解体済。
・ウルフ　×5　筋（すじ）が多いが、保存食に向いている。未解体。
・ベア　×2　煮込むと美味い。未解体。

果実類

・アポの実　×200　リンゴ味。
・チャの葉　×1000　紅茶味。
・バナの実　×300　バナナ味。
・レンジの実　×180　みかん味。

・レモの実　×２５０　レモン味。
・チゴの実　×３００　イチゴ味。
・ブドの実　×２００　ブドウ味。
・メロウの実　×１００　メロン味。

野菜類
・ネブカ　×２５０　ネギ。
・エモ　×１０００　ジャガイモ。
・キャベット　×５００　キャベツ。
・レタの葉　×２５０　レタス。
・キャロ　×５００　人参。
・オニオ　×５００　玉ねぎ。
・ホレン　×３００　ホウレン草。

主食類
・保存食パン　×２００　堅焼きパン。
・黒パン　×４００

・白パン　×500

・小麦粉　×300kg

・ダズ豆　×100kg　大豆。

・アカ豆　×50kg　小豆。

・ココーン　×30kg　トウモロコシ。

調味料類

・塩　×200kg

・胡椒（こしょう）　×3kg

・砂糖　×100kg

・マヨネーズ　×35kg　自作したもの。

・ハーブ各種　×5kg

・鶏ガラ　×200ℓ

・豚ガラ　×200ℓ

・牛ガラ　×200ℓ

素材

・樫の木　×35
・バネの木　×10
・ハンターツリー　×23
・薬草（良）　×350束　1束は20本。
・解毒草（普）　×300束　1束は20本。
・魔力草（良）　×200束　1束は20本。
・普通品質の鉄材　×100kg

ポーション類
・HPポーション
　高品質　×100　回復量500。
　普通品質　×100　回復量250。
　低品質　×100　回復量50。
・スタミナポーション
　高品質　×30　回復量300。
　普通品質　×30　回復量150。

低品質　×30　回復量50。
・マジックポーション
高品質　×１００　回復量５００。
普通品質　×１００　回復量２５０。
低品質　×１００　回復量50。
・毒消しポーション
高品質　×50　高毒素まで効果あり。
普通品質　×50　中毒素まで効果あり。
低品質　×50　低毒素まで効果あり。

武具系
・小太刀　攻撃力＋40、軽量化、鉄硬度強化、切れ味＋、風属性。
・疾風（しっぷう）のダガー　攻撃力＋30、鉄硬度強化、切れ味＋、敏捷＋小。
・防護の前掛け　防御力＋30、受け流し、風壁付与。

・護身服　　　　　　　　防御力＋35、土属性付与。
・風の靴　　　　　　　　防御力＋20、移動力＋。

予備・売り物
・長剣　　　×3　　　攻撃力＋40、鉄硬度強化、切れ味＋。
・短剣　　　×3　　　攻撃力＋25、鉄硬度強化、切れ味＋。

　今さらながら【アイテムボックス】の収容量には驚く。

　食材の充実っぷりがすごいな。マヨネーズが三十五キログロムもあるというのは、自分で作っておいてなんだけど、少し引いた。

　装備品を一新しているが、見た目はほとんど変わっていない。とはいえ、【錬金】と付与魔法で様々な特殊効果を付けたので、身に着けるだけで身体能力はかなり向上している。

　何度も狩りをこなしたことで、４だったレベルはさらに上がって12になり、各ステータスは次のようになった。

名　前：　ノート・ミストランド
種　族：　人族

年齢：42
職業：冒険者兼旅人、職人
レベル：12
HP：350
MP：2150
体力：251
力：216
魔力：2150
敏捷：248
器用：193
知力：222
スキル：【異世界言語（全）】【アイテムボックス（容量無制限&時間停止）】
【鑑定（極）】【生産（極）】【錬金（極）】【全属性魔法（極・詠唱破棄）】
【調理（極）】【成長率五倍】【タブレット】【交渉】【算術】【読み書き】
【小太刀術1】

魔物相手に小太刀を使って戦っていたので、新しいスキルを獲得した。【小太刀術1】というやつだ。

　よくよく考えてみると、初めて獲得したスキルだったので嬉しかった。

◇

　ついに、執事が呼びに来た。

　門番のウッケの処分がようやく決まったようだ。

　オクタ―子爵によると、結局、ウッケは終身奴隷落ちになり、一族と彼の親交のある者達は購入不可だという。

　ウッケの処遇を一通り聞き、俺は言う。

「罰金くらいで良いと思ってましたが、国としてはそれでは済まされないんでしょうね」

「国の体面もあるのでな」

「わかりました。この件は終わったこととして、明後日には俺は街を出ます」

　俺がそう告げると、オクタ―子爵は頷く。

「そう言っていたのだから仕方ない」

　そして金の入った小袋を渡してきた。

「今回の迷惑料も含めた金になる。これだけは何があっても受け取ってもらう」

「受け取っておきます。では、お世話になりました」

俺は軽く頭を下げ、その場を去った。

これでこの街でやることはなくなったな。


それから俺は、ファスティで世話になったマーク隊長に会いに行った。マーク隊長は門の前に立ち、衛兵としての仕事に従事していた。

俺は声をかける。

「ご苦労様です」

「……終わったのか？」

「ああ。それで、明後日には街を出る」

俺がさらりと打ち明けると、マーク隊長は表情一つ変えずに、意外なことを口にした。

「そうか、私も一緒に行くのでよろしくな」

「は？」

唖然とする俺。

マーク隊長はさらに続ける。

「お前のような非常識は、そのまま外には放り出せんだろう？　領主様から辞令を受け、お前に常識が身に付くまで同道することになった。この任務は完遂できれば、私はここの領の兵達のトップになるらしい」

俺は頭を抱えた。

「まだ、お守りがいるのか」

「しばらくよろしくな」

マーク隊長は、悪戯が成功したように笑うのだった。

第2章

ファスティからオーゴまで

Yosoji no ossan,
Kamisama kara
cheat skill wo 9ko
morau

19　ファスティ出発

翌日、俺は冒険者ギルドに来ていた。

何回か会っている受付嬢の所に行って尋ねる。

「ファスティの街周辺の地図を手に入れたいんだが」

「ファスティ周辺といっても、東西南北によって地図が分かれているんです。どちら方面の物にしましょうか？」

「そうだな。国の中枢とは離れたいと思ってる。ただ、ある程度は人の流れがあり、高圧的な領主やギルド長のいない所がいいな」

受付嬢はしばし考え込み、やがて口を開く。

「あ、それでしたら、南西部のオーゴですね。条件に近いと思います」

「どういう所かな」

「オーゴは、この国有数の商業が発展している街なんです。他国との交易も盛んで、海に面した素敵な街ですよ」

なるほど、じゃあそちら方面に行くかな。

「その地図をくれ。徒歩で行くとするなら何日くらいかかる？」

すると、受付嬢はびっくりしたような顔をする。

「徒歩ですか……それですと、順調に行っても二ヶ月はかかるかと。行かれるなら、乗り合い馬車か、オーゴへ行く商会の護衛依頼を受けるのが良いと思いますよ。馬車なら一月くらいで着くはずです」

確かにそうしたほうが良さそうだな。

「明日には出たいんだが、馬車なり依頼なりはあるか？」

「う〜ん、乗り合い馬車が次に出るのは、残念ながら三日後ですね。護衛のほうは明日のものがありましたけど、商会ではなく行商人の護衛依頼で……」

急に歯切れが悪くなる受付嬢。

なぜだと問うと――

「報酬がかなり安いので……」

なんだそんなことか、とホッとした。

評判の悪い行商人を護衛しなきゃいけないとかなら遠慮するが、金に困っていない今なら報酬が安くても問題ない。

そのことを受付嬢に伝え、依頼の詳細を聞く。

依頼内容は、ファスティからオーゴの間にある村落を巡る行商を護衛するというもの。ちなみに依頼主の人柄は、人が好すぎて損することが多いとのことだった。

俺としてはまったく問題ないので、その場で受けると伝える。すぐに依頼主を呼んできてくれることになった。

待っている間に購入した地図を広げ、ルート上の魔物分布を確認しておく。

事前に仕入れていた情報によると、オーゴとファスティの街周辺には、魔物のほかに野盗や山賊が頻繁に出没するらしかった。


依頼主が来たようだ。

待合所に行くと、五十歳くらいのおじさんが座っていた。

さっそく俺は声をかける。

「お呼び立てして申し訳ない。ノートと言います」

「私は、ザックと呼んでください。依頼を受けてくださると聞いたのですが、本当に良いのでしょうか……」

「報酬のことを気になさっているようなら、気にしなくて大丈夫ですよ。元々、徒歩でオーゴに向かうつもりだったので」

「そうなんですか。報酬は上乗せできませんが、良いのですか？」

ザックは繰り返し聞いてくる。

「構いません。報酬目当てではなく、オーゴに行くことが目的なので。徒歩で二ヶ月かかるのが半分になるならメリットしかないです」

実際、徒歩二ヶ月間にかかる食費と宿代と時間を考えたら、安いとはいえ報酬が入るならプラスにしかならないだろう。

「しかし、馬車の中は商品で埋めてるのでかなり狭いですよ？」

ザックは随分と心配性らしい。

俺は声をひそめて言う。

「……俺はアイテムカバン持ちです。なので、自分の場所を作るには困らないです」

「おお、それはすごい。しかし、大きな積荷が多いので、アイテムカバンといえど入るかどうか……」

「俺のは、幌馬車(ほろばしゃ)二台分くらいの大きさがあるので」

得意げにそう言ったものの、もちろん嘘だ。

俺が使っているのは、容量無制限のスキル【アイテムボックス】だからな。

今までズタ袋をアイテムカバンと言い張り、それに入れるふりをして何となくごまかしてきたけど……適当なカバンを買って、時空間魔法でアイテムカバンを作ってみるのもありだな。

「それなら頼みます。普段より多めに運べそうです」

「俺の荷物も入ってるので、半分くらいしか空いてないですが、任せてください。では、明日はいつ頃に？」

「そうですね、朝の鐘二つ目に西門で」

「わかりました。一緒に行く者にも伝えますので、今日はこれで失礼します」

ザックと別れた俺は、ぶらぶらと歩きながらマーク隊長がいる南門に向かった。


南門への道すがら、商店や露店が並んでいる区域を通った。

ちょうど良かったので、以前買えなかった魔道具コンロ、テント、毛布、ランタンを買って、さらに服の補充をする。

いろいろなカバンを置く店に入って物色すると、店員から声がかかる。

「どのような物をお探しでしょうか？」

「そうですね。大きめの肩かけカバンと、ポーションを入れるようなウエストバッグを探しています」

「それでしたら、こちらの物などどうでしょうか？」

店員は、布製のカバンと革製のカバンを数種類ずつ持ってきた。どうせなら長く使いたいので、革製のカバンにしようかな。

俺が選んだのは、一番大きい肩かけカバン、それなりの大きさの肩かけカバン、そしてウエストバッグが二種類である。そこそこの値段になって、全部で金貨三枚かかった。まあ、領主からもらったお金はまだあるから良いかなと。

カバンも買ったことだし、今度こそマーク隊長の所へ向かう。

門に着いて、マーク隊長が手すきか確認して面会を求めると、すぐに詰め所にある応接室に案内される。

お茶を出してもらってすぐに、マーク隊長がやって来る。

「待たせたか？」

まったく待ってないので、お茶を一口飲んだところだと伝えると、マーク隊長は「そうか」と言ってソファに座った。

俺はさっそく、先ほど受注したザックの依頼の話をし、待ち合わせ場所を伝えた。

マーク隊長は頷き、了承してくれた。そして、俺が手に持っていたカバンについて聞いてくる。

「それはどうしたんだ？」

「さっき買ってきたんだ。今まで【アイテムボックス】をごまかすために袋を使ってたけど、それも不自然かと思ってな。だったらアイテムカバンを作ろうと思ってさ」

すると、マーク隊長は目頭を揉みほぐしてため息をつく。

「お前が【アイテムボックス】持ちであることも驚きだが、その大きさのアイテムカバンを作るとなると……容量にもよるだろうが、金貨換算で数百枚はするだろうな」

なるほど。そうなると、このアイテムカバンを使うと、逆に目立ってしまうんじゃないか。【アイテムボックス】持ちであることをカムフラージュするつもりが、おかしな方向にいってるな。

まあ、細かいことは作ってから考えるか。

俺はマーク隊長に別れを告げると席を立った。


宿に戻ってきて、さっそくマナに尋ねる。

「アイテムカバンを作るにはどうしたら良い？」

『カバンの中に時空間魔法で亜空間を作り、それを固定するようにイメージしてください。そしたら付与魔法で定着させ、大きさのイメージも一緒に行うんです～』

聞いた通りに肩かけカバンに試してみる。

大きいほうの肩かけカバンに十メートル四方のイメージでやってみたら――相変わらずあっさり作れた。

続いて、小さいほうの肩かけカバンは三メートル四方で作った。

二つのウエストバッグには、一方がポーションの瓶が五十本、もう一方が二十本入るようなイメージにする。

そんなふうに夢中で作業していると、あっという間に日が暮れてしまうのだった。

◇

そして、旅立ちの朝を迎える。

朝日が差し込む中、準備を整えた俺は、ヴォルフを引き連れて西門に向かった。

西門は、オーゴに向かう人々でごった返していた。

人だかりの中に、ザックとマーク隊長を見つける。

二人に挨拶し、ザックの幌馬車の中を確認すると――二人どころか一人も乗れないほど荷物が積まれていた。

「カバンがあるって聞いて、つい多めに仕入れてしまった」

……ザックは意外と遠慮しないタイプのようだ。

俺は周囲の人々を見回しつつ言う。

「まあ、良いですよ。ただ、ここで収納するわけにはいかないので、人けのない所でしましょう」

「すみません。お願いします」

続いて、マーク隊長に向き合う。

「マーク隊長」

「何だ？」

「これからどう呼べば？　ファスティの街を出たら、隊長と呼ぶのはおかしいでしょう？」

「まあそうだな。普通にマークと呼べば良いだろう。口調も楽な話し方で良い」

「わかった」

これからはマーク隊長改めマークには、今まで以上に気楽に接しさせてもらおう。

その後、人のいない所に馬車を移動させ、荷物をアイテムカバンに入れると、俺は改めてファスティの街並みを眺めた。

トラブルはいろいろあったが、いい街だった。食事は美味かったし、何だかんだ面倒見のいい、気さくな人が多かった。だが、ここに留まってもいられない。

俺は、門の向こうに広がる大地に視線を移す。

さあ、旅の始まりだ。

20　初日の移動

街を出て、馬車で進むこと三時間。

太陽がほぼ真上に来たので、休憩を取ることにした。

マークが薪を探しに行き、ザックが馬の世話をするために川へ向かう。馬車と並走するようにずっと走りっぱなしだったヴォルフは地面に伏せている。

その間に俺はかまどを組み上げ、コケット肉をフライパンで焼く。スープをさっと作り、付け合わせに黒パンを出しておいた。

マークが薪を持って帰り、ザックも馬を連れて戻ってきた。二人して若干引いてるのはなぜだろう？

「お前、何やってるんだ？」

何やってるんだって言われてもな。俺はマークに返答する。

「飯を作ってるんだが？」

「バカなのか？　こんな所で肉を焼く奴がどこにいる！」

「酷い言われようだが、ここにいるじゃないか」

「こんな所で食べ物の匂いをさせたら、魔物や獣がやって来るだろうが！」

ああ、そこを気にしてるのか。ザックも同意するように激しく頷いている。

「気にするな。近寄ってくるなら、ヴォルフが狩るか、俺が魔法で倒すさ」

なんて話をしてると、さっそくレッドボアがやって来た。

ザックが震えている間に、さっきまで伏せていたヴォルフがレッドボアの首に飛びつき、一瞬で倒した。

「まあ、こんな感じで倒すので、気にしないでください」

ザックはフリーズしている。

ヴォルフが咥えて持ち帰ってきたレッドボアの血抜きをしていると――ザックが正気に戻る。

「何だったんですか、さっきのは？　魔狼ってそんなに強かったですか？　レッドボアですよ？　魔狼よりも強い個体もいるんですよ？　なのに一瞬で倒すって……強さがおかしいぃぃぃぃー！」

ザックは一息で言いきった。しんどかったのか、肩で息をしている。

ザックのテンションの高さに、マークはびっくりしているし、俺もびっくりした。

「まあ、落ち着いて。ヴォルフはレアな魔狼なので強いんです。徐々に慣れてください。それに、俺もそこそこ戦えると思うので」

そう話していると、今度はグレーウルフが寄ってきた。

練習がてら風魔法で対処する。

ドサッ。

うん、しっかり倒せた。

「魔狼も大概だが、お前もおかしいからな？」

マークが言ってくるが、慣れてくれとしか言えないな。ザックはパニックになっているのか、ブツブツ呟いている。

俺は腹が減ったので、ヴォルフの皿に肉を盛り、自分の分も用意した。

「食わないのか？　自分の分は自分でよそってくれな。一応多めには作ってある。じゃあ、いい加減食おう。腹が減って仕方ない」

話を切って食事を始める。

コケットの肉は、塩を振って焼いただけだが、なかなか美味かった。

野菜のスープは優しい味だが、しっかり出汁が出ていた。

日本で食べていた野菜より味が濃い気がする。日本にいた頃、老人が、昔の野菜は味が濃かったと言っていたのを耳にしたことがあったが、こんな味だったのかなとふと思った。

昼食を終えると、ザックもマークも満足した顔をしていた。

◇

しばらく馬車を走らせる。

林の横を通ったところで、ザックが口にする。

「この辺は、野盗が多いんです」

テンプレ展開は避けられないかな？

そう思っていると、さっそくその展開が訪れたらしく、ザックが声を震わせる。

「……出ました。野盗です‼」

俺はため息交じりにマークに言う。

「馬車を頼む。俺が対応する！」

急停止した馬車から飛び降りると、俺を守るようにヴォルフが現れる。

馬車の前では、ぼろぼろの武具を纏った男達が道を塞いでいた。

一人が前に出て告げる。

「よー、ここは通行止めだ。通りたければ、積み荷と持ち金全部置いていきな！」

テンプレ通りの言葉だ。

他にセリフを考えられないものか？　とか考えながら俺はマークに声をかける。

「こういうときはどうすればいいんだ？　倒して連れていくのか？　殺してしまうのか？」

「野盗は殺しても罪にはならないが、なるべく殺さずに引き渡し、犯罪奴隷としたほうが良い。多少なりとも褒賞金がもらえるし、賞金首の場合は討伐料ももらえる」

「じゃあそうするか。ただ、どうやって運ぶ？」

「馬車に繋いで、引っ張れば良いだろう。魔狼に監視してもらえれば何とかなるだろう」

話していると、野盗のリーダーらしき男が声を上げる。

「おいおい。俺らと戦ろうってのか？　ハハハハハハハハっ！　この人数差がわからないのか？　相当おつむが弱いらしい！　そう思わないか？」

リーダーの言葉に応えるように、野盗の仲間達が笑い合う。

このテンプレをラノベで読んでいつも思っていたのだが——こうしたやり取りって、待たなきゃいかんのか？

こっちは正義の味方でなければ、勇者召喚で呼ばれたわけでもないのだから、正統派の振る舞いをしなくても良いのではないだろうか。

野盗のリーダーが話しているうちに無力化させようと考えた俺は、水魔法を構築。対象範囲を、野盗全員の顔を覆うように設定して発動した。

野盗達は、顔を水に覆われてもがいている。

誤って殺してしまわないようにするため、マナには気絶した野盗の魔法を解くようにお願いして

おいた。
一、二分経った頃、一人また一人と倒れて魔法が解除されていく。
俺は、そんな野盗達を順に拘束していった。手は後ろ手に括り、足は五十センチだけ広げられるようにして縛り上げる。

卑怯と言われるかもしれないが、命を取られるかもしれなかった状況下だから仕方ない。

全員拘束できたので振り返ると、ザックが顔を涙と鼻水でぐしゃぐしゃにしていた。

「ザック、どうした？　面白い顔をして」

「イヤイヤイヤ、アイテムカバンも大概ですが、あの人数の野盗を瞬殺ってありえないですからっ!!」

「心外だ。殺してないぞ？」

「そういうことじゃなくてっ！」

なおも言い募るザックの肩に、マークが手を置いて首を横に振る。

……諦めろってことらしい。

さすがマーク、俺のペースに慣れてきたな。

その後、先に進む準備をする。

馬車の側面に並べて繋いだ野盗達が目を覚ましていく。

「何だこれは！」

「放しやがれ！」

「話の途中で卑怯だぞ！」

等々言っている。

「なぁ、大人数で人を襲うのは卑怯じゃないのか？」

俺が問うと、野盗のリーダーが怒鳴り声を上げる。

「当たり前だろうが！　数は力だ!!　やられるのは弱いからだ!!」

俺はムッとして一喝する。

「じゃあ、お前達は弱いからそうなったんだろう？　何でお前達の言い分を最後まで聞かにゃならんのだ？　それにだ。罪を犯そうとしてた人間の言い分など聞く耳持たん！　お前達は襲われた人間の助けに耳を傾けたことはあるか？　聞かんだろう？　だったら、逆の立場になっただけだ!!　やられたくなければ、端から罪を犯そうとするな!!」

野盗達が恨みの目線を送ってきているが、無視して馬車に向かう。

そして、言い忘れていたことを伝える。

「逃げようとしたりしても、魔狼が見張っているから、下手すれば死ぬことになるぞ。一応先に言っておくが、その魔狼は特殊レア個体で、Ａランク以上の強さがある」

それで、野盗達は押し黙った。

馬車が動き出すと、それに合わせて野盗達は走った。

夕方、予定よりも幾分遅れて最初の村に着いた。マークとともにその村の自衛団のもとへ行き、野盗を引き渡す。

その場で褒賞金がもらえた。

俺はため息を吐いて独り言を呟く。

「偉そうなことを言ってしまったな」

野盗相手とはいえ、いろいろ語ってしまったことを少し恥じるのだった。

21 村滞在

平和な日本とは違う、セレスティーダの治安の悪さの洗礼を受けた。

今は独り身だからいいが、もし守る者ができたら心配だ。オーゴに着いたら今までみたいにのんびりせず、積極的にレベル上げと魔法の勉強をしよう。

俺はそんなふうに今後の方針を決めつつ、今日の宿を探した。

だが、従魔とともに入れる宿はなかった。

ザックとマークが泊まることになった宿屋で、従魔はどうすれば良いのか聞く。

主人によると、宿の裏にある空き地を従魔持ちの冒険者向けに貸し出しているとのこと。村の自警団に届け出れば、借りられるらしい。

さっそく自警団の建物へ行って、用件を伝える。

自警団の副団長が出てきた。

「滞在期間は？」

「行商人のザック次第だが、数日だと思う」

副団長は「ザックさん？」と言い、少し態度を軟化させた。ザックと知り合いみたいだな。

副団長はさらに質問してくる。

「ザックさんとの関係は？」

「依頼人と護衛ですね」

「なるほど、その割には武器が見当たりませんが？」

「護身の武器はこれです」

俺が小太刀を出すと、副団長は眉根を寄せた。

俺のことを疑わしく思っているようだ。

「この武器だと、戦闘になったときに弱いのでは？」

「メインは、魔法と従魔なので」

「従魔持ちというのはわかっていたが……魔術師でもあるのか。それでも多勢で襲われれば対処できまい」

俺の後ろで伏せるヴォルフを見つつ、副団長はそう指摘した。

俺は今日の出来事を打ち明ける。

「引き渡した野盗達は、俺が魔法で倒したんですよ」

「は？　あの人数を倒せるのはすごいが……詠唱時間が取れてこそだろう？」

「その心配はないですよ。俺は人より魔力が多く、魔力ポーションを多数用意している。何より、無詠唱ができるので」

副団長は驚きつつも、それでようやく納得してくれたようだ。

「そ、そうか。すまない。いろいろ聞いたな」

「構いません。それで？　場所は借りて良いのですか？」

「ああ。宿に近いこの場所で頼む」

副団長は地図を指差して示した。

それから自警団の建物から出て、宿屋に戻ってマークとザックに俺の野営場所を伝える。そして野営場所に行き、テントを設営した。

さて、飯の用意をしようかな。

いつも食べているが、魔物肉を焼こう。

簡易のかまどを作り、魔物肉をフライパンでサッと焼いていく。早く食べたいと促すヴォルフの皿に盛ってあげ、マナの皿にも入れてあげる。

お腹が減ったときにいつでも食べられるように、さらに肉も焼いておく。日本のいろいろなタレをつけて、【アイテムボックス】に入れていった。

そんな作業をしていると、人の気配を感じた。

気配のほうに視線を移すと、宿の宿泊客達が集まってきている。いや、それだけではなく、近所に住む人達も大勢来ているようだ。

「すごく良い匂いがするんで、見に来てしまった」

「なあ、少しで良いから、そのタレを分けてもらえないか？」

人々はタレが気になるようで、分けてほしいと訴えてくる。

うーん、どうするかな？

全員にあげたら、キリがなさそうなんだけど……

「……じゃあこうしませんか？　このタレは宿に泊まっている人達にのみ有償で分けます」

強引に制限してみると、宿泊客達が喜ぶ一方で、それ以外の人達から不満の声が上がった。

まあ、そうなるよな。

俺は、騒ぐ人々に説明する。

「このタレは俺の故郷の品で、特殊な方法でしか手に入らないんですよ。材料が見つからない限り作れないので貴重なんです」

それでも、集まった人々は納得しない。

何だかちょっとしたイベントみたいになってしまったな。こりゃ、何か食べさせないと帰ってくれないだろう。

俺はため息をつきつつ、お腹を減らした群衆に向かって言う。

「自分で作れるようになったタレもあるので、それで作った料理で良かったらですが……」

「そのタレは、どれくらいの量があるんだ？」

「卵を少し分けてもらえたら、ここにいる人の分は何とか作れると思います。元になる調味料の製法を教えることはできませんが」

俺が、焼き肉のタレの代わりに用意しようとしているのは、マヨネーズだ。

これでごまかせるとは思えないが、マヨネーズを使った美味い料理を振る舞えば、彼らも納得するだろう。

作るのは、唐揚げかな。

さて、意図してなかった展開になってしまったが、やると決めたんだし頑張るとしますか。

◇

突発的に始まった、俺の夜店。

料理を作るのは良いんだが、悩むのは値段だった。

安すぎてもダメだろうし。

うーん、マークに聞くかな。こういうときのサポートも、あいつの仕事のうちだろうし。

ということで、マークを呼んできた。

試食用に作った唐揚げを前に、値段を考えてもらう。

「これを食べて、適当な値段を言ってみてくれ」

「わかった。食べさせてもらおう……ウマッ‼　おま、これ、メチャクチャ美味い！」

うむ、若干マークが壊れ気味だな！

早くしないと暴動が置きかねないから、さっさと値段を言うように促す。

「美味いし、ボリュームもあるから、1000ダルでも良いと思うが……500ダルでどうだ？　ちょっと安いが」

500ダルだとそういう感覚なんだな。マークの言う通り、そのあたりで出すか。

値段を決めたところで、量産体制に入る。

俺はアイテムカバンから出す振りをして、【タブレット】で業務用の植物油を購入。チマチマと買ってられなかったので大人買いだ。

大きな中華鍋に油を入れて熱し、その隣に一回り小さな鍋も用意し同様にする。

大きいほうでサッと揚げて、小さいほうでじっくりと。そんなふうに二度揚げしていく。好き好きあるだろうけど、俺は二度揚げが好みなのでそうしていく。

でき上がった唐揚げにマヨネーズを載せて提供する。マヨネーズを付けなくても、塩胡椒をしてあるからそれだけでも美味いはずだ。

あとサービスで、レモの実の輪切りも添えておく。

好みで搾るように、提供するたびに言っていく。

とんでもない人数が行列を作ってるから、小一時間はかかるだろうな……

やっと、全員に行き渡ったようだ。手が疲れたが、美味そうに食ってる姿を見ると、充足感が湧くな。

そうしていると、マークとザックが近寄ってくる。

「お疲れさん」

「お疲れ様です」

俺が疲れすぎて笑うしかできずにいると、マークも周りを見ながら笑った。

ザックはいろいろ気になるんだろうが、何も聞かずに、美味そうに唐揚げを頬張っていた。

ヴォルフとマナが、夕食を食べたにもかかわらず、唐揚げを食べたいと催促してくるので、俺は「少しだぞ?」と伝えて皿に盛ってあげた。

まあ予定外のこともしたが、数日分は食事を用意できたし良いか。

その後、マークに手伝ってもらって片付けをした。

食べた皆が帰路についたところで、俺はヴォルフに周囲の警戒を頼んで就寝するのだった。

22 従魔を増やそう

翌日、朝食を簡単に済ませて出発の準備をしていると、ザックがやって来る。

ザックは、明日の昼の出発に変更したいと伝えてきた。理由は、今日一日行商をしてここの特産品を買いたいからとのことだった。

そうすると、俺は今日どう過ごしたらいいか悩むな。

ふと思いついたので、マナとヴォルフに確認してみる。

「この辺りで、そこそこ役に立ちそうな魔物はいないか？　従魔にしても大丈夫なやつ」

ヴォルフは、「この辺で従魔に適してるのは、鳥系しかわからない」と言い、マナはスライムを薦めてきた。

ちなみに、この世界のスライムは従魔師に人気の従魔らしい。

ある程度まで強くなるし、個体によっては回復魔法を覚える。マントや上着に忍ばせておくと、目立たないから重宝されるのだとか。

鳥系の魔物はたくさんいるのでピンキリだ。強い鳥系の魔物なら魔法も使え、偵察や先行警戒ができて、【隠蔽】【看破】スキルを持っている個体が多い。

しかし従魔探しに行くにしても、護衛の依頼主であるザックを放ってはおけないよな。

背に腹は代えられん、マークに頼もう。マークだって伊達に衛兵隊の隊長をしてたわけじゃないし、護衛は務まるだろう。

ということでマークに来てもらい、俺に代わって今日一日ザックの護衛をしてほしいと伝えた。

なお、その分の報酬をしっかり払うと言った。

すると、ザックが反対し出した。

「そんなことをしたら、ノートさんが丸損じゃないですか!!　私の依頼自体が最低限の報酬なのに！」

「契約時にも言いましたが、報酬よりも移動時間の短縮を選んだので気にしないでください」

　俺がそう言うと、ザックはまだ言い募る。

「それはそうですが……契約では、道中の護衛としていたはず！　村にいる間は護衛の必要はありません！」

「しかし、俺が外に出ているときに依頼人に何かあったら、俺が気にします」

　なおも反論しようとするザックを制止し、マークが発言する。

「双方の言い分はわかるが、私はノートを支持する。ザックさんが間違ってるとは言わないけれど、あなたが損するわけじゃないのに、なぜそこまで頑なのかとは思うな」

　マークの意見に乗って、俺が指摘する。

「おそらくあれだろ？　報酬が低額という負い目があるんじゃないか？」

「そうですよ。それなのに、さらに報酬を減らすようなことをおっしゃるので……」

　俺はザックに向かって言う。

「何回でも言うがな、今回の護衛は報酬のためじゃない。時間短縮のためだ。ザックが気にすることではない。言うなれば俺のわがままだ。従魔を増やしたいのも、ザックの身を守りたいから。マークに依頼するのもな」

　ザックはそれで、しぶしぶながら納得してくれた。

　せめてマークへの報酬を払うと言ってきたが、俺は断った。最初の通り俺が支払うことで、話を終える。

マークへの報酬は、今日一日で７０００ダルで話をつけた。

思ったより時間がかかったな。

俺は急いで、従魔探しに行くことにした。

◇

話が長引いたので、急ぎで魔物を探す。スライムか鳥系の魔物を従魔にしたいが、そう都合良く見つかるかな。

探し始めることおよそ一時間、水辺の近くでスライムを発見した。

見た目は何だろう？　緑色の水まんじゅう？

とりあえず【鑑定】してみる。

名　前：
種　族：プチスライム（レア）
年　齢：0歳（7日）
職　業：

レベル：2
HP：8
MP：11
体力：8
力：3
魔力：11
敏捷：6
器用：7
知力：9
スキル：【水魔法2】【治癒魔法1】【酸弾】
付記：種族進化可（経験値不足）

弱っ！

狙ってたレアだけども！

俺は心配になって、マナとヴォルフに問う。

「こいつで大丈夫なのか？」

『この子、強いですよ～？　レアですし！』

『生まれて七日にもかかわらず、すでにレベル2に達している。スキル構成も良い』

弱いと思ったが、先輩従魔達の評価は良いようだな。

さらにヴォルフが続ける。

『主よ。本来スライムは、すべてのステータスが1か2なのだぞ？　子供でも倒せるほどだ。それに比べたら、新人冒険者あたりじゃ負けるかもしれんステータス持ちのこのスライムは別格だ』

なるほど。そう言われると、すごく良いと思える。ゲームに出てくるスライムも、最初は大体弱いけど、育成すると強くなったりするし。

よし、こいつを従魔契約しよう！

俺はマナに尋ねる。

「で、どうやって契約するんだ？」

『スライムの前に行き、従魔契約の魔法陣を発動してから、従魔になるように説得してください。注意点は怯えさせないことです～』

「わかった。やってみよう。補助は頼めるか？」

『はい、漏れ出てしまう魔力で怖がらせないように、こちらで制御しますね～。頑張ってくださ い～』

俺はスライムの前に行く。

さっそく従魔契約の魔法陣を発動すると、スライムが聞いてくる。

『いじめる？』

「いじめないよ。俺と一緒に来てくれないか、ってお願いに来たんだ」

俺がそう言うと、スライムは尋ねてくる。

『ごはんくれる？』

スライムが何を食べるかわからないから、マナに聞いてみると、スライムは何でも食べられるらしい。ただし、個体によって好みが違うとのこと。

試しに、昨日焼いた肉を出して与えてみる。

『こういうのでいいか？』

スライムが近寄ってきて、肉を観察する。

やがて食べ始めてくれたが――その様子は肉を丸ごと取り込んでいる感じだった。

『!!』

すごく震えている。

やばい、体に合わなかったか……と心配して見ていると、スライムは勢いよく跳ねて、俺に体当たりしてきた。

『はじめてたべた！　もっとたべたい』

どうやら口に合ったようだな。

俺はスライムに尋ねる。

「一緒に来てくれたら、毎日食べ物をあげるよ」

『いく!!』

スライムがそう答えたところで、魔法陣が明滅した。

マナがにこにこしながら言う。

『名前をつけてあげて～』

考えるが、名づけのセンスがないから困った。

「君の名前は、アクアにしよう」

緑色だからちょっと違和感があるが、水っぽいからセーフだろう。すると魔法陣が光り、アクアの中に入っていく。

アクアを【鑑定】してみる。

名　前：　アクア
職　業：　ノート・ミストランドの従魔

とりあえずツッコミを入れさせてもらうが、「ノート・ミストランドの従魔」って職業だったのか!?

ヴォルフとマナに関しては、俺と従魔登録してるが、神の眷属だからステータスが見られないんだよな。女神セレスティナに頼まれて、この世界で不自由にならないように俺に付き従ってくれてるだけだからな。

ある意味、アクアが初の俺の従魔だ。

いろいろ考えるのはあとにして、鳥系魔物を探そうか。時間もあまりないし。

アクアは俺の肩に乗せて、ヴォルフとマナに鳥系魔物が生息してそうな所へ案内してもらう。

その間に出会った魔物は、俺とヴォルフが弱らせて、アクアにトドメを刺してもらう。ラストアタックが一番経験値が増えるのを、自分のレベリングのときに発見したのだ。

徐々に強くなるアクアを頼もしく思いながら、従魔候補の鳥系魔物を探す。


――二時間くらいかかったが、ついに候補を見つけた。

さっそく【鑑定】を行う。

名　前：
種　族：エレキバード（レア）
年　齢：12歳
職　業：
レベル：11

ＨＰ：132
ＭＰ：325
体力：122
力：105
魔力：325
敏捷：285
器用：102
知力：109
スキル：【風魔法８】【雷魔法８】【遠見】【隠蔽】【看破】
【疾風】
付記：種族進化可（経験値不足）

かなり強い！　しかもまだ強くなる資質を秘めている!!

これは従魔にしたい！

慎重に近づいて、従魔契約を行う。

先ほどのように魔法陣が展開されると――

『従魔契約魔法？　僕を従魔にしようとしてる人がいるんだ。どういった用途ですか？』

かなり知力があるようだ。

俺のことを冷静に見ている。

「やってほしいのは、斥候と戦闘だな。食は用意する」

『うーん……斥候ってどういうの？』

斥候自体を知らないのか。

まあ賢そうだから、説明したらわかってくれるかな。

「斥候っていうのは、パーティが進む先に何があるか調べる役割だな」

『あー、見回りのこと？』

「近いけど、ちょっと違う。見回りは巣とかの周りを確認することだと思うが……斥候は、簡単に言えば、巣を作らずにずっと移動する先を見に行ってもらうことになるかな」

『巣を作らないの？』

「住んで良いなと思える所が見つかるまでは、ずっと移動になるかな。自分の巣を探す旅をしているって感じだな」

『そっかぁ、ここも悪くないけど、僕ももっと良い所を探すつもりだったから、一緒に連れていってもらおうかな。ご飯はくれるんだよね？』

「ああ。ご飯はできるだけ用意するよ。好きな物を教えてくれるか？」

『お肉が良いかな。なかったら木の実でも良いけど、できるだけお肉食べたいなぁ』

「お肉はあるけど、生のままのがいい？　美味しくした物のほうがいい？」

『どんな物？』

昨日焼いておいた、焼き肉を一切れ出して食べさせる。アクアも欲しがったので一切れあげて、あとはご飯の時間にと言い聞かせた。

そんなことをしているうちに、エレキバードは肉を食べたようで鳴きまくってる。

『これ美味しい！　こういうのをくれるの？』

「そうだよ」

『ついていく！』

「じゃあ名前をつけるよ」

『わかった！』

うーん、どうしようかな。いっそのこと、今思いついた名前にするかな。

「じゃあ、君はライだ！」

そう宣言すると、先ほどのように魔法陣が輝き、ライの中に入っていく。

名　前：　ライ
職　業：　ノート・ミストランドの従魔

よし、ちゃんと従魔になったな。

これで今日やりたかったことは完了した。村に戻ってこの二匹を登録しよう。

23　従魔ギルド長の怒り

さて村に戻ってきたけど、どうするかな、この状況。

今俺は、村人数人に取り囲まれている。

というのも、俺のパーティが従魔だらけになっていることに起因している。

しかも、昨日の自警団員がいないことが致命的だった。

俺は昨日から滞在していたと言ったのだが、確認できるまでここで待てと言われている。とりあえず、ザックとマークを呼びに行ってもらっているところだ。

十分ほど待ったらザックとマークがやって来た。マークが声をかけてくる。

「どうした？」

「村に入れなくて困っている」

「原因はその魔物か？」

「そうらしいな。従魔契約したから登録に行きたいんだが、村に入れないとできないからな」

以前と違って――と言ってもこの世界に来てまだ半月ほどだが、落ち着いて対処ができるようになっていた。振り返ってみれば、以前は余裕がなかったと思う。

それはそれとして、まだ入れないのか？

同道してるザック達が来たんだけどな。ザックはさっきから自警団員の男とやり合っていた。

「……だから、私の護衛だと言ってるでしょう！」

「しかしこちらも職務上、登録していない魔物を村に入れるわけにはいかないんだ！」

そこへ、俺も口を挟む。

「さっきも説明したでしょう⁉　今後の道程のために新たに従魔契約しに出ていたと‼　それで首尾良く従魔契約できたから、これから登録しに行く予定なのですよッ！」

「登録しに行くではなく、登録していない魔物を村に入れたくないと言っているんだ！」

うーん、平行線の議論だな。ここまで来ると時間の無駄だ。

俺は自警団員の男に提案する。

「なあ、自警団員さんよ。従魔契約登録してないから村に入れないと言うなら、従魔ギルドのギルド長を呼んできてくれ。ここで手続きすれば話が早いだろう？」

すると自警団員の小隊長らしきその男は、他の自警団員に指示を出した。自警団員の一人が走っていく。

少し待っていると、初老の女性と魔道具を持った男性が近づいてくる。

「従魔契約登録をしたいということだけど……何でわざわざ出向かなきゃいけないんだい？」

初老の女性が、小隊長に苦情を言う。

「従魔契約登録していない魔物を村に入れるわけにはいかないからです」

「じゃあ、今後もそういう場合に呼ばれるわけかい？　どんな人物、貴族であってでもだろうね!?

そして私らが確認してからじゃないと入れないんだね!?」

「もちろんです」

「そうかい、じゃあ後ろを見な」

小隊長の後ろには、十歳くらいの子がホーンラビットを抱えて歩いてきた。従魔契約登録済みのアイテムを付けていないようだが……

小隊長が子供に向かって言う。

「君か、入って良いぞ」

「だめに決まってるじゃないか！」

被せ気味に、初老の女性が声を上げた。子供はどうしたら良いのかわからないようで、オロオロしている。

小隊長が声を荒らげる。

「ギルド長、何を言っているんですか!?」

「あんたこそ、何言ってんだい！　その子が連れている魔物は登録の証のアイテムを付けていないじゃないか？　あんたの言い分では、この子は村に入れないんだろう？」

「ぐっ！　しかし、この子は村長の子ですよ？」

「村長の子だから何だってんだい？　どんな人物、貴族でもだめなんだろう？　私はキチンと確認したはずだけどねぇ？」

「だからといって、村長の子供を外に置いておくわけには……」

「この村の村長の子供は貴族より偉いのかい？　この村を統治してる領主より偉いのかい？　偉くないならだめじゃないか」

するると、小隊長が罵倒する。

「このババァ！」

「ババァだったらなんだい？　力ずくで言うことを聞かせるってのかい？　構わないよ、その喧嘩買おうじゃないか！　言っとくが、引退してこのギルド長という職に就いたとはいえ、レベル50オーバーの力は伊達じゃないと見せてあげるよ!!」

うーん、この婆さん、従魔ギルドのギルマスみたいだが、先日までの俺並みに喧嘩っ早いな。てか小隊長が酷いか。

どうしようか考えてると、また別の声が聞こえてきた。

「何の騒ぎだね？」

「村長！」

小隊長が言ったように、村長が現れたらしい。

「この者達が、村の規則に異議を唱えてきまして」

「異議ですか？　君が言う規則とは何ですか？」

「従魔契約登録をしていない魔物は村に入れない、です」

「それで？　そちらは何と言ったのですか？」

村長に話を振られたので、俺は答える。

「要約すると、新しく従魔契約してきたので村で登録させてくれ、だな」

「？　すれば良いのでは？」

村長の返答は明快だった。ここで、ギルマスが口を挟む。

「村に入れない者がどうやって従魔ギルドまで来るんだい？　だからこそ、私が今ここにいるわけだよ」

「詳しい説明を」

村長に促され、俺は丁寧に伝える。

昨日から俺はここに滞在していたが、新しい従魔を連れて入ろうとしたら、村に入れてもらえず困っている。

続いて、ギルマスが説明を引き継ぐ。

貴族であっても未登録の魔物を連れて入れないはずが、村長の子供は入れようとした。それを指摘すると、逆ギレして喧嘩を売ってきた。

最後に、ギルマスは言いきる。

「こんなことがまかり通る村なら、ギルドの撤退も辞さない！」

そうなれば、この村には正規の商売人が来なくなる。

それは、村の死を意味するだろう。

実際に、ギルドに見放された村が滅んだこともあったという。これは、マークが小声で教えてくれた。

俺は、この場がどうなるのか、注視していた。

24　村長の怒り

小隊長は言い訳を始める。

「その者達の虚言です！　私はそのようなことは言ってませんし、ギルド長に喧嘩を売るなどとんでもない！」

　そこへ、使いっ走りさせられた若い自警団員が言う。

「私は現場を見ておりました。ギルド長が述べていることは真実です」

「新人は黙っていろ!!」

「自分は、そちらの男性が言ったことが本当か確かめるため、副団長の耳にも入れてきます！」

「お前のような新人の言うことと、俺の言葉、副団長はどちらに耳を傾けるだろうな？」

　小隊長がそう問うと、何者かが答える。

「そうだな。この状況を見れば、そこの新人の言葉を信じるだろうな」

「ふ、副団長!?　なぜここに？」

　突然の副団長の登場に、小隊長は声を震わせた。

「なぜ？　私がここに来るのがおかしいか？　随分と不穏な話をしていたようだが？」

「これは、その……」

「しかもそこにいるのは、昨日私が話を聞いた人物で、行商人のザックさんの護衛のようだが？」

「副団長が昨日話を聞いたのはわかりましたが、登録外の魔物を連れている以上、村に入れるわけにはいかないでしょう」

　小隊長はそう言うと、何か勝ち誇った笑みを浮かべた。だが、村長も副団長も「何で？」といった顔をしている。

　そして村長が問う。

「なぜ入れないのだね？」

「何でって、危険があるからですよ！」

「ふむ。では、我が子も入れないのだね？」

「いえ、通っていただいて結構です」

「なぜだね？」

「この村の人間だからですよ」

「君はバカか？」

　村長は急に語気を強めた。小隊長はポカンとしている。

「村長？」

「そうやって外部の人間だから信用しないと言って、拒否すればどうなるかわからないのかね？」

「迷惑な者達がいなくなって、居心地がよくなります」

　村長は首を横に振り、淡々と告げる。

「外部の人間を拒否すれば、待っているのは滅びだけだ」

「そんなことないでしょう」

「じゃあ聞くが、塩をどうする？　足りない穀物は？」

「それは買えば良いじゃないですか。この村の革の質は良いので高く売れる。お金ならあるのですから」

村長は大きくため息をつくと、言い聞かせるように問う。

「小隊長、本気で言ってるのかね？」

「本気だったら何ですか？」

「君の言うように外部の人間を拒否すれば、商売人は来なくなる。商売自体が成立しなくなるのだ。その先にあるのは、村の中での醜い奪い合いだ。そして村は滅ぶ」

ここまで丁寧に説明されて、小隊長はやっと事の重大さがわかったようだ。

顔を――青を通り越して白くして痙攣を起こしていた。俺は成り行きをずっと見ていたが、まあ村の中のことだから、口を挟む必要もないか。

そう思った俺は、ギルマスに声をかける。

「向こうは忙しそうですし、先に登録確認してもらえませんかね？」

ギルマスは頷くと、連れてきていた男性職員と準備を始めた。

◇

その場で、アクアとライの登録確認が終わった。従魔登録済みを示すアイテムを選ぼうとしてふと気づく。アクアってどうするんだ？

「ギルマス」

「何だい？」

「アクア……スライムはどうしたらいい？」

「スライムは、これを体に取り込んでもらってるよ」

ギルマスは、三センチメートルくらいの金属板を渡してきた。

「この板は？」

「スライムの体内では溶けない金属さ」

「なるほど、アクアはこれで。ライは決めたか？」

ライは一声鳴いて、とあるアイテムの前に立った。バングルのような物だったが、どこにするんだろうな。

するると、ギルマスが教えてくれる。

「自動サイズ調整がかかってるから、脚に通してやれば、その子に合った大きさになる」

ライの脚に通すと、その大きさに合わせて縮んだ。歩いても邪魔にはならない様子だ。

アクアは金属板を取り込んで、あっちこっちに動き回っている。

「その子は若いのかい？」

「ああ、生まれて数日みたいで」

「じゃあ、そのままでも良いけど、出入りのときは見せるように教育しなよ？」

「わかった」

こっちのほうは終わったが——村長のほうはまだ続いているようだ。暗くなってきたし腹が減ってきたな。


しばらく待っていたが、終わらないようだし声をかける。

「村長、俺達はいつまでここにいればいいんだ？」

「すまないね。登録をしたら入って良いですよ」

「俺はもう済ませてあるから良いにしても、村長の子がまだだろう？　そこでどうしたら良いのかわからず、うろうろしたままだぞ？」

俺がそう言うと、村長は子供にギルマスの所で登録確認するようにと伝えた。そしてまた小隊長のほうに向き、話を再開する。

小隊長、意識がないように見えるんだが。

ともかく、子供は無事登録確認できたようで、ホーンラビットを抱えて村に入っていった。それを見届けると、ギルマスと目が合う。

「私は話を見届けてから戻るさね」

俺はギルマスに簡単に礼を言うと、マークとザックと一緒に宿のほうに戻ることにした。

道中、マークに言われる。

「毎回何か起こさないと気が済まないのか？」

俺は苦笑いしてそれを受け流すと、ザックに確認する。

「そういえば、行商は上手くいったのか？　予定通り明日の昼から出られるといいんだが」

「ええ、午前中に物資を補給できたら出られますし……出ます」

これで一通り準備をしたら、ここを発つかな。

◇

宿屋まで戻ってきた俺達は、各々別れて行動する。

ザックは明日購入予定の物資の書き出し、マークはザックの手伝いで馬の世話。俺は買い出しに出ることにした。

昨日作った分もあるし、未使用の在庫肉もまだまだあるから当分は大丈夫なんだけど——もしもに備えて、小麦、小麦粉、パンなどを買い足した。

その後、従魔ギルドに向かった。

先ほどの騒動の顛末を確かめたかったのだ。

従魔ギルドの建物の中に入ると、職員がこちらに顔を向けてくる。その中に、村の入り口に来ていた男性職員を見つける。

さっそく俺は尋ねる。

「あの、ギルマスは戻ってきましたか？」

「あ、外で登録確認した人ですか。ええ、戻ってきていますが、何か用事が？」

「村長と小隊長の話の結末を聞きたくてな。それにギルマスはかなり怒っていたから、どうするのか聞きたいと思ってね」

「なるほど。では確認してまいりますので、少しお待ちください」

そう言うなり席を立つ職員。数分で戻ってきたので、話を聞こうとすると手で制された。そしてそのままギルド長室に招き入れられる。

ギルマスが俺に声をかけてくる。

「……よく来たね。そっちに座って待っておくれ」

ソファに案内されて座ると、女性職員がお茶を持ってきてくれた。

それからしばらく待っていると、仕事が一段落したようで、ギルマスがこちらに来る。

「待たせたね。あの小隊長のことと、ギルドをどうするかだったね？」

「そうです」

「まず、あの小隊長だが、自警団をクビになったよ」

「……そうか」

「一応、私には謝罪をしてくれたよ。まあ、クビになったと言っても、弓と剣の扱いがなかなか達者らしいので、村長預かりの狩人として働くことになったようだがね」

「なるほどな。それよりもギルドはどうするんだ？　あなたはかなり怒っていたし、村の対応次第では撤退も仄めかしていただろう？　場合によっては村の壊滅じゃないか」

ギルマスは軽く笑って答える。

「それに関しては、村長と副団長から随分と丁寧に謝罪されたよ。だから、ギルドが村を離れることはないね。それと今後、登録前の魔物が持ち込まれた場合、自警団員の付き添いのもと、従魔ギルドまで連れてくるというのがルール化されるそうだよ」

それが聞けたなら良かった。

というか、どうして今までその問題がスルーされていたんだろうな。俺みたいな従魔師が来るたびにトラブっていたのだろうか。

「時間を割いてもらってすまなかった。心配していたことが聞けて安心した。これで俺はお暇するよ」

「ああ、今日は気苦労をかけたね。ゆっくり休んでおくれ」

「ありがとう。こちらこそ世話になった」

俺はギルドから出ていく。

さて、チビッ子達もお腹を空かせているだろうし、戻って晩飯にしようかな。

宿屋の裏に帰ってくると、ザックとマークが待っていた。

「どうしたんだ？」

「ちょっと心配で……」

そう答えたザックに俺は言う。

「先に食事をさせてもらっていいか？　チビッ子達には随分と我慢させてるんで」

従魔達全員と俺の食事を用意する。

今日は手抜きで屋台で購入した物を並べた。全員に念話で食べていいと言い、足りなければ呼ぶようにと伝えておく。

俺は二人に向き合う。

「それで？　ここで待ってたのはなぜだ？」

「戻ってすぐに出掛けていったと聞いたので、何をしに行ったのか気になりまして……」

俺はザックの疑問に答える。

「それなら、従魔ギルドに確認に行ったのと、食材の補給だな」

マークが「確認とは？」と問うてくる。

「ギルマスも随分と立腹してたし、あの小隊長の件とギルドはどうするのか聞いてきた」

「ふむ、それでどうなった？」

やはり二人もそのことが気になっていたらしい。

それから俺は、さっき聞いたことをすべて伝えた。二人は俺の話を熱心に聞き、俺と同じように安堵したようだった。

宿に戻っていく二人を見送り、ようやく俺も食事にする。

すると、チビッ子二匹がそれぞれ訴えてくる。

『もっとほしいの～』

『もう少し食べていいですか？』

アクアとライの皿に追加の串焼きを入れてやりつつ、俺も食事を進める。

先輩従魔の食事量は大体把握してるから、おかわりの要望はないようだ。食べ終えてゆっくりしている。

俺は遅めの食事を取り、それを終えるとすぐに寝入ってしまうのだった。

25　次の村に到着

朝になった。昨日は早めに寝たせいか、まだ夜が明けきっていない時間だというのに、目が覚めたみたいだな。

ライは端のほうで寝てたようだが、俺に合わせて起きたようだ。一方、アクアは熟睡中だ。ヴォルフは起きてるが、目を閉じたままだな。

マナはどこだ？　と思っていると、ちょうど帰ってきた。どうやら散歩がてら飛び回ってきたらしい。

自分の従魔ながら自由だな。俺はそう苦笑しつつ、朝食の準備をする。

用意したのは、白パンとスープ。それと、ベーコンの代わりの薄切りの魔物肉を使った「魔物肉目玉焼き」を作った。

皿を用意していると、ライがやって来る。

アクアはまだ寝てるようなので起こしに行く。

「アクア起きろー」

声をかけても震えるだけで、起きる様子がない。

仕方ないので、持ち上げて連れてくる。

みんなに食べるように伝える。

アクアは寝ぼけながら食べようと動き始めたが、ちゃんと起きるように言う。しばらくして、アクアはしっかり目を覚ましたようで、魔物肉目玉焼きに向かって突進していった。

『おいしいの〜♪』

それは良かった。


その後、ポーション類作りと旅の食事の下拵えをしていると、正午前にマークがやって来た。

「あと、一時間ほどで出発するそうだから、用意をしておいてほしいそうだ」

「わかった」

俺は返事をすると、テントとか調理道具とかを仕舞う。

従魔達全員を近くに呼び、早めの昼食を食べさせて、準備万端で待つ。

すると、マークとザックが来た。

ザックは、この村で予定よりも多く仕入れをしたらしい。アイテムカバンに入れてほしいと言うので入れてやる。

やることが終わり、各々忘れ物がないか確認してから門に向かう。

連れ立って歩いていくと、副団長が待っていた。

そしていきなり謝罪を始めるので、慌てて止める。終わったことだと言い、小隊長のような人物が現れないように願うと伝えて、門から出ていった。

◇

それから一週間ほど経ち、だいぶ山間部に近づいてきた。

その間、特に何があったわけでもなく順調に進んだ。

旅をしながらポーション作りをしたかったのだが、薬草が切れたのでできなかった。まあ、ポーションの在庫はそこそこあるがな。

この一週間、ザック、マークに呆れられるような食事を何回もした。

ちょっと良い香りの料理を作っただけなのに、「旅の食事とは思えない！」とか「匂いに釣られて、いらない戦闘が増える」とか言われたな。

まあ、戦闘が増えても良いじゃないか。狩りをすれば肉が手に入るし、素材も増えるんだから。戦うのは主に、運動不足気味のヴォルフくらいだしな。

二人は美味い物を食って、嬉しいとは思わないのか？　冒険者の旅の食事の定番である、塩の塊の干し肉と、穀物を固めたまずいパンを食ってて平気なのかな。

試しに、うちの従魔達に与えたときは、速攻で返却された。ヴォルフには「二度と出すな」と怒られたし、マナは最初から食わんかった。ライは一口食ったらどっか行こうとしたし、アクアは泣き出すしで大変だったんだぞ！


そんなこんながあり、やっと新しい村に着いた。

門番がこちらを見ている。俺達が近づくのを待っているようだ。

門に着くと、門番から丁寧に挨拶される。

「ようこそ、ファスティ領セドル村へ」

今さらだが、領の名前も領都と同じファスティだったのか。てか、先日まで滞在していた村では、村の名前さえ聞いてなかったな。

代表してザックが挨拶を行う。

「行商人のザックと言います。こちらは護衛のノートさんとマークさん。それとノートさんの従魔達です」

「わかりました。それでは各々のギルド証を提出願います」

俺達は、各々所属のギルド証を渡して確認してもらう。

「ありがとうございます。それでは、いくつか質問させていただきます」

「滞在日数予定」「来た理由」「どこに向かう」が聞かれ、すべてザックが答えた。

それが終わると、村に入れてもらえた。

この間の村よりも栄えているのが、一目でわかった。

人数もそうだが、活気が違う。

さっそく宿屋を探したが——やっぱり俺達は泊まれなかった。街ならともかく、村規模だと従魔OKな宿屋はほぼないらしいからな。

ちなみに今回も、マークに村内でのザックの護衛はお願いした。

俺と従魔達は、狩りと採取がしたいのだ。金策をしつつ、チビッ子達と俺のレベリングを行いたい。戦闘をヴォルフ任せにしないで対処できるようになっておきたいんだよな。


さっそく冒険者ギルドに行き、依頼を確認する。

おっ？　薬草依頼があったので受けよう。依頼ついでに自分用の薬草も確保しようかな。

受付に向かうと、入り口がざわついている。

ぼろぼろの若い冒険者が転がり込んできたと思ったら——

「頼む！　誰か助けてくれ!!」

若い冒険者はそう叫ぶと転んでしまった。ギルドにいた冒険者達が、何だ何だと視線を向ける。

若い冒険者はそのまま声を上げる。

「仲間が重傷なんだ！　治癒魔法を施してくれ！　ポーションを分けてくれ!!」

それで、誰も見向きもしなくなった。

人々が離れていく中、近くにいた冒険者がその若者に確認する。

「……治癒魔法なら報酬を。ポーションなら、その代金をもらえるのか？」

「い、今は無理だが、いずれ必ず払う！　だから頼む!!」

若い冒険者は頭を下げるが、誰も動かない。

周囲の人達のひそひそ話が聞こえてくる。

「……冒険者は明日をも知れぬ仕事だぞ？　回復させても、彼奴（きゃつ）らが死んだら回収できないだろう」

「まったくだな。頼むなら俺達にじゃなく、せめてギルドにだな」

若い冒険者も聞こえているのだろう。手を握りしめ、口を噛んで耐えている。

俺はそんな光景を見てため息をつく。

この件が終わらないと、依頼が受けられそうにないな。そう思った俺は、若い冒険者に近づいていく。

すると、若い冒険者が尋ねてくる。

「な、何ですか？」

「助けられるかはわからんが、俺が持っているポーションを使ってやる。その仲間の所に案内してくれ」

若い冒険者は、俺の言ったことの意味がわからなかったのか、キョトンとする。

彼が何か言おうと口を開いたのを遮り――

「早くしろ！　重傷なんだろうが!?」

俺は強めに言った。

さて、手持ちで足りるかな？

26　人助けからの？

ギルドの外に出る。

どうやら近くまで来られたらしく、すぐ側に女性が横たわっていた。革鎧が破られ、胸から腹にかけて深い傷があった。

これはやばいな。

あとで話を聞かせてもらうとして、できることはやっておこう。

救援を求めに来た青年が悲痛な願いを述べる。

「いけそうか？　せめて痛みだけでも楽にしてやってほしい」

俺はウエストバックから高品質ＨＰポーションを取り出すと、ためらうことなく振りかけた。

さすが高品質だけあって多少効果はあったが、傷口は塞がりきらない。次は高品質スタミナポーションを飲ませる。

少しむせたが、飲ませることができた。

続いて高品質マジックポーションを飲ませる。あとは、念のために高品質毒消しポーションを体にかけておく。

スタミナポーションで体力が回復したはずなので、治癒魔法を試みよう。パーティの誰も怪我をしないから使うことがなかったが、俺は治癒魔法が扱えるのだ。

初めての魔法に緊張しつつ、マナに補助してもらう。血管、筋、骨を繋いで傷口を塞ぐイメージをして魔法を放つ。

一連の作業を終えると、傷口が完全に塞がり、女性の呼吸は穏やかになった。

傷口が開いたら使うように、中品質ＨＰポーションを青年に渡す。

これで俺のやれることは終わったな。そのまま去ろうとすると、呼びに来た青年を始め、盾役らしき青年、魔術師らしき少女が頭を下げた。

じゃあ、治療の報酬として情報くらいはもらうとするかな？

なぜ、こんなことになったのか聞く。

受けた依頼自体は終えたが、自分達の力量では普段行かない場所まで入り込んでしまったらしい。

それが原因となり、この有様となったという。

俺は呆れつつ、今後すべきことを伝える。

「彼女はかなりの血がなくなっているから、血を補うような物を食べさせてやれ」

「ありがとう。感謝する。俺達はEランク冒険者パーティ『クレイモア』で、俺がリーダーのフロント、そっちの重戦士はオリゴス、座り込んでいるのがミルキーだ。そして、治してもらったのがクレアだ」

「感謝は受け取る。それで？　目を覚ましたらどういう物を食べさせるつもりだ？」

何となく不安なので一応聞いてみたが、案の定、彼らはわかっていなかった。

「えっ？　血を作れそうな食べ物だろ？　肉とか？」

「バカ野郎!!　いきなりそんな物食わせたら、それこそ死ぬぞ！」

「えっ？　えっ？」

俺はため息を吐き、どこに泊まっているのか聞いた。

そして、当面はその子の食事だけはこちらで用意すると伝える。

「そこまでしてもらっても、情けないが支払いが……」

「端から期待してねぇよ。死なずに活動を続けて、レベルをゆっくり確実に上げて、強くなったら返しに来い！　それまでは投資としとくさ」

　さらに、俺は金を取り出して渡す。

「ほらよ！　斥候らしきその子が倒れている今、無茶したら今度はお前達も殺られかねんから、滞在と休息をしっかりできる金を貸してやる。二ヶ月分はあるはずだ‼　その間は訓練でもしてろ！　冒険者は明日をも知れぬ仕事だが、失敗は自分の力量を見誤ったときに起きる。確実に自分の力量でできることをして、こういう失敗を減らせ！　無茶して金を作っても受け取らんぞ！　焦って金を稼ごうとすると、危険に晒すのは自分の命のみならず、仲間達の命だと今回の件でもわかったろうしな？」

「あ、ああ。いやしかし……」

「しかしじゃない！　まだわからんか？　そんなに仲間の命を落とさせるようなことをしたいのか？　お前は仲間の命を預かるリーダーなんだろうが！」

　俺が熱く説教すると、フロントと名乗っていた男は頷いた。

「わかったよ。どれだけ時間がかかるかわからないが、この恩と金は絶対に返しに行く！　名前を教えてくれるか？」

「Dランクのノートだ。しつこく言うが、絶対に無茶をするなよ？」

「わかっているさ、そしてあんたと絶対にまた会う！　必ず会って認めさせてやる！」

　フロントまで熱く返してきた。

「その意気だ。じゃあ夕方になったら、その子の食事を持っていく」

「お願いする。俺達にできることは言ってくれ」

フロントが頭を下げると、残りの二人も一緒に頭を下げた。それから、倒れていた少女を宿屋の部屋に連れていく。

さて、俺は受付に行って、薬草依頼を受けようかな？

ギルドに戻ると、全員が俺のほうを向く。

あちこちから、「もったいない」「使ったポーション代の回収は諦めろ」「そのポーション分が足りなくなって自分の命を落とすかも」とか聞こえてくる。

良くも悪くも彼らはプロだ。その辺の線引きはしっかりしている。彼らの考えもわからなくはない。

ポーションを無駄にする
←
補充できない
←
冒険中にポーションが切れる

死ぬ　←

という展開になりかねんからな……俺以外は。

俺は自作してるから気にしない。まだ数はあるはずだし、魔法もある。

受付に着くと、受付嬢がお礼を言ってきた。それから、ギルマスが会いたいと言っていると伝えてきたが……即座に断る。

ポーションを作るためにも、今は薬草採取依頼に行きたいからな。

その辺を説明してると、そのギルマスがやって来た。ギルマスは挨拶もそこそこに話しかけてくる。

「君がさっきの騒ぎを収めてくれたのかな？」

「たぶんそうなるんだろう」

「どうやったのか、聞いて良いかい？」

「なぜだ？」

「こちらの準備がなかったために、君に負担を強いてしまった。お金に関しては何ともできないが……せめて力になれないかと思ってね」

「なるほど。となると、詳細を話す必要があると思うが……」

俺は周囲を見回すと、少し声をひそめて続きを言う。

「ここじゃいらん騒ぎになりそうなんで、別の所で話したいんだが？」

「では、詳しく話を聞きたいので、こちらに来てもらっても良いかね？」


ギルド長室に入り、ソファに座る。

受付嬢がお茶を入れてから退室していった。それを見届けてから、ギルマスが口を開く。

「さて、それでは聞かせてくれるかい？」

「それでは、使用したポーション類を言う。最初に使ったのは、高品質ＨＰポーションで……」

「ちょっと待った」

「何でだ？」

「今、何て？」

「高品質ＨＰポーション」

「聞き間違えじゃなかったのか。とりあえず、すべてを聞いてから質問することにするよ」

「わかった。高品質ＨＰポーションである程度の傷を塞ぎ、高品質スタミナポーションで体力をつけさせて、高品質マジックポーションでＭＰを回復させて、高品質毒消しポーションを使用して体を浄化。その後、治癒魔法にて体の傷口を完全に塞ぎ、しばらく様子観察。念のため、傷口が開いたとき用に中品質ＨＰポーションを渡しておいた。以上だな」

話を聞いたギルマスは頭を抱える。

「何でそんなにポンポンと高品質ポーションを使用できるかな？　いくらになると思ってるんだ？　どっかの貴族なの？　彼らに値段は伝えてるの？」

質問攻めをしてきたが、一つひとつ答える。

「ポーションは自作品なので数は多少ある。金額は高品質ＨＰポーション一本で３万ダルくらいだったか？　あとの値段は知らん。貴族なんて大それた人間じゃない。彼らには何を使ったのかすら教えていない。下手に金額を教えて、無茶して死んだら治した意味がないからな」

ギルマスはそこで気づいたらしい。

「あー、君がファスティのギルマスの言ってた人物か。従魔を連れてるし」

ファスティのギルマスから俺の話を聞いてる？

どんな話だろうか？

「それは、どういうことだ？」

「簡単に言えば、常識と自重知らずかな？」

「あのギルマス……喧嘩を売りたいのか」

「ああ、違う違う。君は、デミダスの中枢の人達に目をつけられたくないのだろう？」

「デミダス？　まあ、目立ちたくはないな」

「なのに、やってることは目をつけられることばかりだ。だから……ところで、この国の名前は知ってる？」

「知らないな」

ギルマスは深くため息をついて続ける。

「この国の名前がデミダスだよ。それで、君がやったことはデミダスの中枢が知れば、どうにかして自分の操り人形にしようと考えるほどに目立っているんだ」

「俺のやったことが？　どれのことだ？」

「自覚がないって本当に恐ろしいね。まず、さっきの話にも出てたポーション類。次いで、君の作った武器類だよ」

「材料があれば、その職の人間なら誰でもできるだろう？」

すると、ギルマスは首を横に振る。

「ファスティどころか、デミダス中探しても、高品質ポーション類を作成できる者は三十人いないんじゃないかな？　国から領主の任を受けている人が五十人くらいだから、各領に一人もいないんだ。それと武器。これは、ファスティのギルマスが伝えてきたけど、底品質の鉄鉱石で中品質並みの武器を作ったそうじゃないか。武器の攻撃力はそう高くはないらしいけど、すべてに硬度強化、切れ味＋、軽量化、貫通などの特殊効果が付いている。そんなことができる者は、たぶん国に片手もいないんじゃないかな？　しかも君はそれを両方行える。領主達や国が知れば、手に入れたいと思うのは必定（ひつじょう）だよ」

「だが、俺達に手を出せば……」

「かつての伝承だね。言いたいことはわかるが、それでも罰は来ないと考える、信仰心のない愚かな領主はいるんだよ」

「どこの中枢にも馬鹿はいるのか」

「だから、今回の件も表にはなおさら出せなくなった」

「それで？」

「今回は、ギルドの緊急時依頼をこなしたとして処理するよ」

「バレたら、事じゃないか？」

「ギルドは、セレスティーダ全域にあり、各国を跨いで繋がっている。一国の言いなりにはならないさ。たとえ圧力をかけてきても、全ギルドがデミダスから出ていくだけだからね。そうなったら国の経済が死ぬから、国としての体面を保てなくなる。そんなことはしないさ。君を手に入れても金にすることができなくなるんじゃ意味ないだろう？　物流がなくなるわけだし」

「なるほどな、国としてはギルドと争うほうが損するってことか」

「いろいろと話をしたわけだけど、君はこのあとどうするの？」

「俺か？　薬草採取依頼に行く予定だが？　そのあとは、さっきの連中の所に様子見と、倒れていた子の食事を提供だな」

「まだ面倒を見るのかい？」

ギルマスは驚いた顔をする。

「あいつら、血の作れる物を食べさせてやれって言ったら、肉を食わすとか言い出したからな。普通はせめて野菜中心のスープとかだろう？　出汁は骨から取ったとしてもな」

「冒険者なんてそんなもんさ。料理の知識がないんだから」

「せっかく助かりそうな命だ。そんなことで失わせることは許さん！」

「まあ、君もずっとは見てやれないだろうから、見られる間は見てやってほしい。これはギルマスの私からのお願いだ」

頭を下げるギルマス。

「ああ、見られるのは数日間だけだが、その間だけでもな」

「ありがとう。時間を取らせて悪かったね。できればセドルにいる間は、ここにもポーションを卸してもらえると助かるんだけど」

「わかった。薬草採取次第だけど、卸すようにする。本数はわからないが」

「それでも頼みたい」

「わかった。じゃあ、今日これで失礼する」

そう言って、ギルドから出ていく。案外時間がかかったから、今日はあまり集められないだろうな。飯も作らないといけないし。

◇

その後、急いで門から出て、最低限の数だけ薬草を集めて、村に戻ってギルドへ向かう。

受付嬢に依頼完了を告げて確認してもらい、報酬を受け取った。

野営テントを張り、鶏ガラスープを取り出して、ホレン、キャロ、ネブカを下拵えする。キャロを鍋に入れて弱火で煮込む。

その間に、ダズ豆を水に浸しておく。

鍋が煮えてキャロにしっかり火が通ったところで、ダズ豆を入れてさらに煮込む。

ダズ豆も柔らかく煮えたところで味付けをし、ホレンとネブカを入れて、すぐに火を止め、蓋をして宿屋に向かう。

チビッ子従魔達がお腹空いたと言ってきたので、夕飯までの繋ぎとして焼いておいた肉を少しあげた。


宿屋に着くと、クレイモアの部屋に用事がある旨を伝えて、呼び出してもらう。

しばらくして、リーダーのフロントが下りてきた。

「ノートさん、わざわざすみません」

「構わない、それで？　部屋はどこだ？」

「こっちです」

フロントについて、二階の一室に入る。室内には、メンバー全員が集まっていた。

「状態は？」

俺が問うと、ミルキーと呼ばれていた少女が答える。

「先ほど意識は戻りました。怪我をしていた箇所も問題ないようです」

すると、怪我をしていたクレアが確認してくる。

「……あなたが、助けてくれたのですか？」

「結果的にそうなったな」

「ありがとうございます」

起き上がろうとしてきたので、俺は叱りつける。

「横になってろ。傷口が塞がったとはいえ、まだどうなるかわからんし、血が足りてないので少しの無理が命取りになる」

「でも早く動けるようにならないと、食べる物や宿のお金が……」

「それは俺が出しておいたから気にするな。しっかり療養できるように、二ケ月分の金を渡してある」

「！　何でそこまで！」

「せっかく助かりそうな命を無駄にさせないためだ。フロントには言ってあるが、活動再開までは訓練でもしてろ。ゆっくり静養して強くなって返しに来いとな」

「何で……」

「まともに体が動かない状態で、冒険に出て仲間の足手まといになりたいのか？　そんな状態で複数の魔物に囲まれたら死ぬぞ？　そんなに仲間の命を危険に晒したいのか？　違うだろう？　だから、万全な状態になるまでは採取依頼でもして、空いてる時間は訓練をして練度を上げていたほうが最終的には早く返しに来られるぞ？　……まあいろいろ言ったが、ただのお節介だ」

俺はそう言うと、クレイモア全員が感謝の言葉を口にする。

感謝は受け取って、俺はクレアに話しかける。

「ところで、飯は食えそうか？」

「え？　ええ、少しなら食べられると思う」

「なら、これを食え。お前の仲間に任せたらステーキやら出してきそうだったので、俺が用意したものだ」

そう言って、さっき作ったスープを取り出した。

豆類が入っているので、食べ応えはあるはずだ。

クレアはスプーンで掬って一口啜ると、涙を流し始めた。仲間達が心配して声をかけるが、首を横に振り、「違うの」と言う。

そして、クレアは告げる。

「美味しいです。優しい味で、体の隅々まで行き渡る感じです」

「それは良かった。俺が見られるのは数日間だけだから、その後は、宿屋の主人に頼んで回復に合わせて食事を取ると良い。無理に食べても良くないからな？」

「はい。ありがとうございます。数日間、よろしくお願いします」

「すまんな。俺も護衛の依頼中なんで、依頼主の移動に合わせないといかんからな」

「いえ、ここまでしてもらえるだけでも、私達は幸運です」

「そうかい。ゆっくり食べて、ゆっくり体を休めると良い。俺はこれで失礼させてもらう。また明日持ってくるので、それまでは休んでおくように」

そう言って、俺は宿屋を出る。今度は自分達の飯の用意だな。

27 前途多難？

テントに戻って早々、チビッ子従魔達がお腹が空いたと訴えてくる。

さて、今日は何を作るかな。

あまり時間をかけたくないし、簡単なやつが良いんだが……よし、オーク肉がたくさんあるし、「柔らか蒸しオーク肉の味噌ダレがけ」にしよう。

簡単にできる料理とは言いがたいが、手際よく作ればさほど時間はかからない。

まず、オークのバラ肉を五百グラムに切り分けていく。それをフォークで数ヶ所穴を開けて、擦り下ろしたにんにくとしょうがを揉み込む。

しばらく放置してから、オーク肉を蒸していく。

その間に【タブレット】で、塩麹、味噌、粒マスタード、ごま油を購入。塩麹とオニオンをすり下ろした物に、味噌、砂糖、粒マスタード、ごま油を混ぜ合わせて、フライパンで軽く炒める。

これで味噌ダレの完成だ。

味噌の香ばしい匂いが漂ってきて、思わずよだれが垂れそうになる。

蒸し上がったオーク肉を取り出し、食べやすいようにスライスしていく。それぞれのお皿に並べ、上から味噌ダレをかけて……完成っと。

かなり多く作ったから、何回かに分けても良さそうだな。

さっそく従魔全員に取り分けると、みんな競うように食べ出した。俺も食べてみるか。蒸しオーク肉に味噌ダレをたっぷりつけて口に入れる。

う、美味い！

蒸したことでさっぱりとした味になったオーク肉に、味噌の濃厚さが抜群に合っている。

従魔達もがっついてるし、気に入ったみたいだな。

今回使った、味噌、ごま油、塩麹あたりはあらかじめ購入しておいて、常備しておいていいだろう。

そういえば、そろそろ最初の一月が経過するんだよな。

月ごとに使っていい限度額は二十万円だっけ。繰り越しできないはずだったから、いろいろ買い揃えておくか。

それから俺は、【タブレット】で買い物を終えた。

ふと従魔達に視線を向けると、アクアが寝ていた。アクアにもたれかかるようにして、ライも横になっている。マナもヴォルフもマッタリしてるようだ。

じゃあ、寝る準備をしようかな。

その前に、明日の朝と昼にクレアに届ける飯も用意しないとな。今作って【アイテムボックス】に入れておけば良いんだし。

朝は、コケットの玉子粥にするとして、昼の分はコケット団子入りのポトフで良いだろう。この二つも量産して、【アイテムボックス】に保存しておこう。

俺はサクッと料理を終えてから、テントの中に入った。結構働いたのもあって、すぐに寝入ってしまうのだった。

◇

朝になったので食事にする。俺以外はサーペントの焼き肉を食べ、俺はスクランブルエッグにパンとお茶を飲んで宿屋に向かう。

宿屋に入ると、クレイモアのクレア以外のメンバーが食事をしていたので、声をかける。

「おはよう」

フロントが気づき挨拶をしてくる。他の二人とも挨拶を交わし、部屋に連れていってもらう。

中に入ると大人しくベッドで横になっているクレアに挨拶をして、容態を確認する。

怪我の部分は痛みもなく、違和感もないそうだが、やはり失った血液はすぐには戻らないらしく、ベッド脇で立ち上がるだけで貧血を起こすらしい。

「少なくとも、十日は部屋の中以外は動き回らないほうが良いだろう」

「体が鈍(なま)りそうです」

「仕方がないだろう。死んでてもおかしくない怪我だったのだからな。立ち上がって貧血を起こさなくなったあとできるように、簡単な運動を教えておく」

そう言って俺は、ラジオ体操を教える。

これは案外馬鹿にできなく、体をほぐすには良いんだ。

それはさておき、クレアに尋ねる。

「クレア、食欲はどうだ？」

「お腹、空きました」

少し恥ずかしそうに言うクレア。

「それは良いことだ。体がしっかり治そうと動いている証拠だからな。朝は玉子粥という物を作ってきたので、これを食べるんだ。昼はコケット団子のポトフを持ってきてるので、そっちを食べるように」

「ありがとうございます」

「じゃあ、朝はこれだ」

「見慣れない物ですね？」

「俺の故郷の食べ物でな、体が弱ってるときに食べる物なんだ」

「そうなんですね。それでは頂戴します」

そう言って食べ始める。美味しそうに食べているな。鶏出汁の玉子粥だから、ある程度滋養もあるだろう。

「昨日食べた物もこの玉子粥も、優しい味ですね」

「今は肉を塊のまま食うのは、たぶん体が受け付けんだろう。俺がいなくなったあとは、スープやポトフくらいを中心に食べて、回復に合わせて肉類を食べれば良い」

「ありがとうございます。そうします」

「じゃあ俺はギルドに行くから、クレアはゆっくり体を休めて、他の奴らは訓練でもしてると良いだろう。特に連携をどうするかとかな」


外に出てギルドに向かい、依頼板を確認する。

今日は時間が多少あるから、討伐系もあれば良いんだが。

そうやって見ていると、ニヤニヤしながら近寄ってくる奴がいる。

はぁ、厄介事か？

こちらからは関わり合いたいとは思わないので、依頼を探していると――

「よう！　お前だろ？　ポーションをたくさん持ってるって奴は」

やっぱり厄介事か、できるだけ無視しよう。

「聞いてんのか？　そんなお前に朗報だ。一本銅貨三枚３００ダルで買ってやる！　全部出しな！」

こいつは阿呆だな。相手にしないようにしよう。

「おい！　こらっ！　聞いてんのか⁉」

おっ！　薬草採取依頼とブルーブルの討伐依頼か、これにしようかな？

「おい！」

男が肩に手を置いてきた。

「何か用か？」

「話を聞いてなかったのか⁉」

「聞く必要性も義務もないからな」

「なんだと‼」

そんなやりとりをしてると――

「何の騒ぎですか！」

ギルド職員に連れてこられたギルマスがいた。

俺に喧嘩を吹っかけてきた男は焦り出し、言い訳を始める。

「いや、こいつが俺との約束を守らなくて……」

ギルマスが問い詰める。

「約束とは何ですか？」

「それは、その、そう！　ポーションの納品をだな」

「それはいつ依頼したのですか？」

「いつ？　えー、と三日ほど前……」

「じゃあ、人違いですね」

被せ気味にギルマスがバッサリ話を切る。

「何でお前なんかが、そんなことがわかんだよ‼」

いきなり激昂（げっこう）し出したが……こいつギルマスと会話してると気づいてないな。

ギルマスが告げる。

「彼は昨日この村に着いたんですよ？　これは村の門番から確認している事実です。それで、どうやって三日前に依頼ができると言うのですか？　あと、あなたは誰ですか？　ここの冒険者ギルドでは見かけない顔ですが……それとあなたの言う『お前なんか』の私は、ここのギルマスですよ？」

周りにいた冒険者達全員は臨戦態勢になっていた。昨日の一件があったときも思ったが、やはりここの冒険者は良くも悪くもプロだな。

囲まれた男は、顔を蒼白にする。

「他人に無償でポーションを使うような馬鹿なら、安く手に入れられると思ったんだ！」

「あなたには、ギルドの査問（さもん）を受けてもらいます。ギルドの持つあらゆる魔道具を使用し、他に罪がないか調べるのでそのつもりで……」

ギルマスが厳しく言うと、男は泣きそうになる。

「軽い出来心だったんだ！　許してくれ！」

「軽い出来心で、ギルド規約を破られては困るのですよ！　連れていきなさい」

男が連行されていった。

俺は唖然としつつ、ギルマスに尋ねる。

「ギルマス、あそこまでやることなのか？」

「あなたは、その無自覚さを何とかしてもらえませんか？」

いや俺、何かやったか？

「後ろの従魔達を見てください」

言われて後ろを見ると――

殺気立つヴォルフ、威嚇するライ、飛びかかろうとしてマナに押さえられているアクアがいた。

「お前達、何やってるんだ？」

『主よ、あのようなことをされれば、黙っておれん』

『ご主人を馬鹿にするような者は、目の前から消えてもらいます』

『あるじをいじめるこにはメッするの～』

ヴォルフ、ライ、アクアが伝えてくる。

「そうか、気持ちはありがたく受け取るが、あれくらいなら俺でも対処できてたから落ち着け」

不承不承返事する従魔達。

しかし、俺の周りでは本当にトラブルが絶えないな。

俺はただ、異世界の美味い物を堪能して、各地を観光でもするように回りながら、のんびり暮らしていきたいだけなんだが……

俺はふとこれまでトラブルを思い返し、この先の旅に不安を覚えるのだった。

前世は剣帝。今生クズ王子
Previous Life was Sword Emperor.
This Life is Trash Prince.
1〜4
著 アルト alto
世に悪名轟くクズ王子。
しかしその正体は――
剣に生き、剣に殉じた最強剣士!?
待望のコミカライズ!
8月24日刊行!
かつて〝剣帝〟と呼ばれた一人の剣士がいた。ディストブルグ王国の第三王子、ファイとして転生した彼は、剣に憑かれた前世を疎み、今生では〝クズ王子〟とあだ名される程のグータラ生活を送っていた。しかしある日、援軍として参加した戦争での、とある騎士との出会いが、ファイに再び剣を執ることを決意させる――
1〜4巻好評発売中!
クズ王子とバカにされる少年は、初めて人のために生きると決めた。
待望のコミカライズ!
描き下ろし9P収録!
各定価:本体1200円+税
◉Illustration:山椒魚
◉定価:本体680円+税
◉漫画:早神あたか
◉B6 判

勘違いの工房主
Kanchigai no ATELIER MEISTER
アトリエマイスター
英雄パーティの元雑用係が、実は戦闘以外がSSSランクだったというよくある話
1~5
時野洋輔
Tokino Yousuke
第11回アルファポリスファンタジー小説大賞
読者賞受賞作!
無自覚な町の救世主様は勘違い連発!?
勘違いだらけのドタバタファンタジー、開幕!
戦闘で役立たずだからと、英雄パーティを追い出された少年、クルト。町で適性検査を受けたところ、戦闘面の適性が、全て最低ランクだと判明する。生計を立てるため、工事や採掘の依頼を受けることになった彼は、ここでも役立たず……と思いきや、八面六臂の大活躍! 実はクルトは、戦闘以外全ての適性が最高ランクだったのだ。しかし当の本人はそのことに気付いておらず、何気ない行動でいろんな人の問題を解決し、果ては町や国家を救うことに――!?
◆各定価:本体1200円+税
◆Illustration:ゾウノセ
武器や魔法の適性は最低だけど、それ以外全部SSSランク!
1~5巻好評発売中!

装備製作系チートで
異世界を自由に
生きていきます
Author：
tera
1~6
アルファポリス
Webランキング
第1位の
超人気作!!
かわいいペットと
気ままに生産ぐらし！
待望の
コミカライズ！
異世界召喚に巻き込まれた挙句、厄介者として追い出された29歳のフリーター、トウジ。途方に暮れる彼の前に現れたのは――ステータス画面!? なんとやり込んでいたネトゲの便利システムが、この世界でトウジにだけ使えるようになっていたのだ。武具を強化したり、可愛いサモンモンスターを召喚したり――トウジの自由な冒険が始まった！
1~6巻好評発売中!!
◉各定価：本体1200円＋税
◉Illustration：三登いつき
もふもふ召喚獣と
楽しい生産ぐらし！
◉漫画：満月シオン
◉B6判 定価：本体680円

チートなタブレットを持って快適異世界生活 1・2

AUTHOR
ちびすけ
CHIBISUKE

アプリのおかげで超快適な異世界ライフ!!

[第12回]
アルファポリス
ファンタジー小説大賞
特別賞
受賞作!

鑑定、買い物だけじゃなく
キケンな魔獣も楽々ペットに!

家でネットショッピングをしていた青年・山崎健斗は、気が付くと、いかにもファンタジーな街中にいた……タブレットを持ったまま。周囲の様子から、どうやら異世界に来てしまったらしいと気付いたケント。さらにタブレットを操作してみると、アイテムや人間の情報が見えたり、地球のものを買えたりするアプリを使えることが判明した。雑用係として冒険者パーティ『暁』に加入した彼だったが——チートアプリ満載のタブレットのおかげで家事にサポートに大活躍!?

◉各定価:本体1200円+税　◉Illustration:ヤミーゴ

ネットで話題沸騰！
アルファポリスWeb漫画
面白い漫画が毎週読める!!
アルファポリス COMICS
原作 あずみ圭 漫画 木野コトラ
原作 雪塚ゆず 漫画 紗月なびこ
ゲート GATE 自衛隊 彼の地にて、斯く戦えり
月が導く異世界道中
追い出されたら、何かと上手くいきまして
OIDASARETARA NANIKATO UMAKUIKIMASHITE
原作 寺尾友希 漫画 雨理ユウ
原作 さとう 漫画 小田山るすけ
原作 まはぷる 漫画 トミイ大塚
レベル596の鍛冶見習い
大自然の魔法師アシュト、廃れた領地でスローライフ
巻き込まれ召喚!? そして私は『神』でした??
人気連載陣
THE NEW GATE
居酒屋ぼったくり
素材採取家の異世界旅行記
異世界ゆるり紀行 ～子育てしながら冒険者します～
いずれ最強の錬金術師?
追い出された万能職に新しい人生が始まりました
勘違いの工房主
and more...
原作 椎名ほわほわ
漫画 六堂秀哉
とあるおっさんのVRMMO活動記
原作：金斬児狐
漫画：小早川ハルヨシ
Re:MONSTER リ・モンスター
選りすぐりのWeb漫画が無料で読み放題!
今すぐアクセス!
アルファポリス 漫画
検索
アルファポリスアプリ
スマホでも漫画が読める!
App Store/Google play でダウンロード!

この作品に対する皆様のご意見・ご感想をお待ちしております。
おハガキ・お手紙は以下の宛先にお送りください。

【宛先】
〒150-6008 東京都渋谷区恵比寿4-20-3 恵比寿ｶﾞｰﾃﾞﾝﾌﾟﾚｲｽﾀﾜｰ 8F
（株）アルファポリス　書籍感想係

メールフォームでのご意見・ご感想は右のＱＲコードから、
あるいは以下のワードで検索をかけてください。

アルファポリス　書籍の感想　検索

ご感想はこちらから

本書はWebサイト「アルファポリス」（https://www.alphapolis.co.jp/）に投稿されたものを、改題、改稿、加筆のうえ、書籍化したものです。

四十路（よそじ）のおっさん、神様（かみさま）からチート能力（スキル）を9個（こ）もらう

霧兎（きりと）

2020年 8月31日初版発行

編集ー芦田尚・宮坂剛
編集長ー太田鉄平
発行者ー梶本雄介
発行所ー株式会社アルファポリス
〒150-6008 東京都渋谷区恵比寿4-20-3 恵比寿ｶﾞｰﾃﾞﾝﾌﾟﾚｲｽﾀﾜｰ8F
TEL 03-6277-1601（営業） 03-6277-1602（編集）
URL https://www.alphapolis.co.jp/
発売元ー株式会社星雲社（共同出版社・流通責任出版社）
〒112-0005東京都文京区水道1-3-30
TEL 03-3868-3275
装丁・本文イラストー蓮禾
装丁デザインーAFTERGLOW
印刷ー中央精版印刷株式会社

価格はカバーに表示されてあります。
落丁乱丁の場合はアルファポリスまでご連絡ください。
送料は小社負担でお取り替えします。

ISBN978-4-434-27773-3 C0093